且讀

……

33

散文精读

朱光潜

朱光潜 著

浙江人民出版社

朱光潜

1 | 2
3

❶ 83岁的朱光潜
❷ 朱光潜与沈从文
❸ 朱光潜与友人

朱光潜手稿

目录

谈美书简

散文精读·朱光潜

谈修养

散文精读·朱光潜

给青年的十二封信

散文精读·朱光潜 VV

谈读书

朋友：

中学课程很多，你自然没有许多时间去读课外书。但是你试抚心自问：你每天真抽不出一点钟或半点钟的工夫吗？如果你每天能抽出半点钟，你每天至少可以读三四页，每月可以读一百页，到了一年也就可以读四五本书了。何况你在假期中每天断不会只能读三四页呢！你能否在课外读书，不是你有没有时间的问题，是你有没有决心的问题。

世间有许多人比你忙得多。许多人的学问都在忙中做成的。美国有一位文学家、科学家和革命家富兰克林，幼时在印刷局里做小工，他的书都是在做工时抽暇读的。不必远说，你应该还记得孙中山先生，难道你比那一位奔走革命席不暇暖的老人家还要忙些吗？他生平无论忙到什么地步，没有一天不偷暇读几页书。你只要看他的《建国方略》和《孙文学说》，你便知道他不仅是一个政治家，而且还是一个学者。不读书讲革命，不知道“光”的所在，只是窜头乱撞，终难成功。这个道理，孙先生懂得最清楚的，所以他的学说特别重“知”。

人类学问逐天进步不止，你不努力跟着跑，便落伍退后，这固不消说。尤其要紧的是养成读书的习惯，是在学问中寻出一种兴趣。你如果没有一种正常嗜好，没有一种在闲暇时可以寄托你心神的东西，将来离开学校去做事，说不定要被恶习惯引诱。你不看见现在许多叉麻雀（一种牌戏，引申为赌博）抽鸦片的官僚们、绅商们乃至于教员们，不大半由学生出身吗？你慢些鄙视他们，临到你来，再看看你的成就吧！但是你如果在读书中寻出一种趣味，你将来抵抗引诱的能力比别人定要大些。这种兴趣你现在不能寻出，将来永不会寻出的。凡人都越老越麻木，你现在已比不上三五岁的小孩子们那样好奇、那样兴味淋漓了。你长大一岁，你感觉兴味的锐敏力便须迟钝一分。达尔文在自传里曾经说过，他幼时颇好文学和音乐，壮时因为研究生物学，把文学和音乐都丢开了，到老来他再想拿诗歌来消遣，便寻不出趣味来了。兴味要在青年时设法培养，过了正常时节，便会萎谢。比方打网球，你在中学时欢喜打，你到老都欢喜打。假如你在中学时代错过机会，后来要发愿去学，比登天还要难十倍。养成读书习惯也是这样。

你也许说，你在学校里终日念讲义看课本不就是读书吗？讲义课本着意在平均发展基本知识，固亦不可不读。但是你如果以为念讲义看课本，便尽读书之能事，就是大错特错。第一，学校里功课门类虽多，而范围究极窄狭。你的天才也许与学校所有功课都不相近，自己去在课外研究，发现自己性之所近的学问。再比方你对于某种功课不感兴趣，这也许并非由于性不相近，只是规定课本不合你的口味。你如果能自己在课外发现好书籍，你对于那种功课的兴趣也许就因而浓厚起来了。第二，念讲义看课本，免不掉若干拘束，想借此培养兴趣，颇是难事。比方有一本小说，平时自由拿来消遣，觉得多么有趣，一旦把它拿来当课本读，用预备考试的方法去读，便不免索然寡味了。兴趣要逍遥自在地不受拘束地发展，所以为培养读书兴趣起见，应该从读课外书入手。

书是读不尽的，就读尽也是无用，许多书都没有一读的价值。你多读一本没有价值的书，便丧失可读一本有价值的书的时间和精力。所以你须慎加选择。你自己自然不会选择，须去就教于批评家和专门学者。我不能告诉你必读的书，我能告诉你不必读的书。许多人尝抱定宗旨不读现代出版的新书。因为许多流行的新书只是迎合一时社会心理，实在毫无价值，经过时代淘汰而巍然独存的书才有永久性，才值得读一遍两遍以至于无数遍。我不敢劝你完全不读新书，我却希望你特别注意这一点，因为现代青年颇有非新书不读的风气。别事都可以学时髦，唯有读书做学问不能学时髦。我所指不必读的书，不是新书，是谈书的书，是值不得读第二遍的书。走进一个图书馆，你尽管看见千卷万卷的纸本子，其中真正能够称为“书”的恐怕难上十卷百卷。你应该读的只是这十卷百卷的书。在这些书中间，你不但可以得较真确的知识，而且可以于无形中吸收大学者治学的精神和方法。这些书才能撼动你的心灵，激动你的思考。其他像“文学大纲”“科学大纲”以及杂志报章上的书评，实在都不能供你受用。你与其读千卷万卷的诗集，不如读一部《国风》或《古诗十九首》，你与其读千卷万卷谈希腊哲学的书籍，不如读一部柏拉图的《理想国》。

你也许要问我像我们中学生究竟应该读些什么书呢？这个问题可是不易回答。你大约还记得北平《京报副刊》曾征求“青年必读书十种”，结果有些人所举的十种尽是几何代数，有些人所举的十种尽是《史记》《汉书》。这在旁人看起来似近于滑稽，而应征的人却各抱有一番大道理。本来这种征求的本意，求以一个人的标准做一切人的标准，好像我只欢喜吃面，你就不能吃米，完全是一种错误见解。各人的天资、兴趣、环境、职业不同，你怎么能定出万应灵丹似的十种书，供天下无量数青年读之都能感觉同样趣味、发生同样效力？

我为了写这封信给你，特地去调查了几个英国公共图书馆。他们的青年读品部最流行的书可以分为四类：（一）冒险小说和游记，（二）神话和寓言，（三）生物故事，（四）名人传记和爱国小说。就中代表的书籍是凡尔纳的《八十天环游地球》（Jules Verne：*Around the World in Eighty Days*）和《海底两万里》（*Twenty Thousand Leagues Under the Sea*），笛福的《鲁滨逊漂流记》（Defoe：*Robinson Crusoe*），大仲马的《三个火枪手》

（A. Dumas：*Three Musketeers*），霍桑的《奇书》和《丹谷闲话》（Hawthorne：*Wonder Book* and *Tangle-wood Tales*），金斯利的《希腊英雄传》（Kingsley：*Heroes*），法布尔的《鸟兽故事》（Fabre：*Story Book of Birds and Beasts*），安徒生的《安徒生童话》（Andersen：*Fairy Tales*），骚塞的《纳尔逊传》（Southey：*Life of Nelson*），房龙的《人类的故事》（Van Loon：*The Story of Mankind*）之类。这些书在国外虽流行，给中国青年读，却不十分相宜。中国学生们大半是少年老成，在中学时代就欢喜像煞有介事的谈一点学理。他们——你和我自然都在内——不仅欢喜谈谈文学，还要研究社会问题，甚至于哲学问题。这既是一种自然倾向，也就不能漠视，我个人的见解也不妨提起和你商量商量。十五六岁以后的教育宜注重发达理解，十五六岁以前的教育宜注重发达想象。所以初中的学生们宜多读想象的文字，高中的学生才应该读含有学理的文字。

谈到这里，我还没有答复应读何书的问题。老实说，我没有能力答复，我自己便没曾读过几本"青年必读书"，老早就读些壮年必读书。比方在中国书里，我最欢喜《国风》、《庄子》、《楚辞》、《史记》、《古诗源》、《文选》中的书笺、《世说新语》、《陶渊明集》、《李太白集》、《花间集》、张惠言《词选》、《红楼梦》，等等。在外国书里，我最欢喜济慈（Keats）、雪莱（Shelley）、柯尔律治（Coleridge）、布朗宁（Browning）诸人的诗集，索福克勒斯（Sophocles）的七悲剧，莎士比亚的

《哈姆雷特》（Shakespeare：*Hamlet*）、《李尔王》（*King Lear*）和《奥赛罗》（*Othello*），歌德的《浮士德》（Goethe：*Fasuts*），易卜生（Ibsen）的戏剧集，屠格涅夫（Turgenef）的《新土地》（*Virgin Soil*）和《父与子》（*Fathers and Children*），陀思妥耶夫斯基的《罪与罚》（Dostoyevsky：*Crime and Punishment*），福楼拜的《包法利夫人》（Flaubert：*Madame Bovary*），莫泊桑（Mauppassant）的小说集，小泉八云（Lafcadio Hearn）关于日本的著作，等等。如果我应北京《京报副刊》的征求，也许把这些古董洋货捧上，凑成“青年必读书十种”。但是我知道这是荒谬绝伦。所以我现在不敢答复你应读何书的问题。你如果要知道，你应该去请教你所知的专门学者，请他们各就自己所学范围以内指定三两种青年可读的书。你如果请一个人替你面面俱到地设想，比方他是学文学的人，他也许明知青年必读书应含有社会问题、科学常识等，而自己又没甚把握，姑且就他所知的一两种拉来凑数，你就像问道于盲了。同时，你要知道读书好比探险，也不能全靠别人指导，你自己也须得费些工夫去搜求。我从来没有听见有人按照别人替他定的“青年必读书十种”或“世界名著百种”读下去，便成就一个学者。别人只能介绍，抉择还要靠你自己。

关于读书方法。我不能多说，只有两点须在此约略提起。第一，凡值得读的书至少须读两遍。第一遍须快读，着眼在醒豁全篇大旨与特色。第二遍须慢读，须以批评态度衡量书的内容。第二，读过一本书，须笔记纲要精彩和你自己的意见。记笔记不仅可以帮助你记忆，而且可以逼得你仔细，刺激你思考。记着这两点，其他琐细方法便用不着说。各人天资习惯不同，你用哪种方法收效较大，我用哪种方法收效较大，不是一概论的。你自己终究会找出你自己的方法，别人绝不能给你一个方单，使你可以“依法炮制”。

你嫌这封信太冗长了吧？下次谈别的问题，我当力求简短。再会！

你的朋友　孟实

谈　动

朋友：

从屡次来信看，你的心境近来似乎很不宁静。烦恼究竟是一种暮气，是一种病态，你还是一个十八九岁的青年，就这样颓唐沮丧，我实在替你担忧。

一般人欢喜谈玄，你说烦恼，他便从“哲学辞典”里拖出“厌世主义”“悲观哲学”等堂哉皇哉的字样来叙你的病由。我不知道你感觉如何？我自己从前仿佛也尝过烦恼的况味，我只觉得忧来无方，不但人莫之知，连我自己也莫名其妙，哪里有所谓哲学与人生观！我也些微领过哲学家的教训：在心气和平时，我景仰希腊廊下派（也称为“斯多葛学派”）哲学者，相信人生当皈依自然，不当存有嗔喜贪恋；我景仰托尔斯泰，相信人生之美在宥与爱；我景仰布朗宁，相信世间有丑才能有美，不完全乃真完全；然而外感偶来，心波立涌，拿天大的哲学，也抵挡不住。这固然是由于缺乏修养，但是青年们有几个修养到“不动心”的地步呢？从前长辈们往往拿“应该不应该”的大道理向我说法。他们说，像我这样一个青年应该活泼泼的，不应该暮气沉沉的，应该努力做学问，不应该把自己的忧乐放在心头。谢谢罢，请留着这副“应该”的方剂，将来患烦恼的人还多呢!

朋友，我们都不过是自然的奴隶，要征服自然，只得服从自然。违反自然，烦恼才乘虚而入，要排解烦闷，也须得使你的自然冲动有机会发泄。人生来好动，好发展，好创造。能动，能发展，能创造，便是顺从自然，便能享受快乐；不动，不发展，不创造，便是摧残生机，便不免感觉烦恼。这种事实在流行语中就可以见出，我们感觉快乐时说“舒畅”，感觉不快乐时说“抑郁”。这两个字样可以用作形容词，也可以用作动词。用作形容词时，它们描写快或不快的状态；用作动词时，我们可以说它们说明快或不快的原因。你感觉烦恼，因为你的生机被抑郁；你要想快乐，须得使你的生机能舒畅，能宣泄。流行语中又有“闲愁”的字样，闲人大半易于发愁，就因为闲时生机静止而不舒畅。青年人比老年人易于发愁些，因为青年人的生机比较强旺。小孩子们的生机也很强旺，然而不知道愁苦，因为他们时时刻刻地游戏，所以他们的生机不至于被抑郁。小孩子们偶尔不很乐意，便放声大哭，哭过了气就消去。成人们感觉烦恼时也还要拘礼节，哪能由你放声大哭呢?吃黄连苦在心头，所以愈觉其苦。歌德少时因失恋而想自杀，幸而他的文机动了，埋头两礼拜著成一部《少年维特之烦恼》，书成了，他的气也泄了，自杀的念头也打消了。你发愁时并不一定要著书，你就读几篇哀歌，听一幕悲剧，借酒浇愁，也可以大畅胸怀。从前我很疑惑何以剧情愈悲而读之愈觉其快意，近来才悟得这个泄与郁的道理。

总之，愁生于郁，解愁的方法在泄；郁由于静止，求泄的方法在动。从前儒家讲心性的话，从近代心理学眼光看，都很粗疏，只有孟子的“尽性”一个主张，含义非常深广。一切道德学说都不免肤浅，如果不从“尽性”的基点出发。如果把“尽性”两字懂得透彻，我以为生活目的在此，生活方法也就在此。人性固然是复杂的，可是人是动物，其本性不外乎动。从动的中间我们可以寻出无限快慰。这个道理我可以拿两件小事来印证：从前我住在家里，自己的书房总欢喜自己打扫。每看到书籍零乱，灰尘满地，你亲自去洒扫一过，霎时间混浊的世界变成窗明几净，此时悠然就座，游目骋怀，乃觉有不可言喻的快慰；再比方你自己是欢喜打网球的，当你起劲打球时，你还记得天地间有所谓烦恼吗？

你大约记得晋人陶士行的故事。他老来罢官闲居，找不得事做，便去搬砖。晨间把一百块砖由斋里搬到斋外，暮间把一百块砖由斋外搬到斋里。人问其故，他说：“吾方致力中原，过尔优逸，恐不堪事。”他又尝对人说：“大禹圣人，乃惜寸阴，至于众人，当惜分阴。”其实惜阴何必定要搬砖，不过他老先生还很茁壮，借这个玩意儿多活动活动，免得抑郁无聊罢了。

朋友，闲愁最苦！愁来愁去，人生还是那么样一个人生，世界也还是那么样一个世界。假如把自己看得伟大，你对于烦恼，当有“不屑”的看待；假如把自己看得渺小，你对于烦恼当有“不值得”的看待；我劝你多打网球，多弹钢琴，多栽花木，多搬砖弄瓦。假如你不欢喜这些玩意儿，你就谈谈笑笑，跑跑跳跳，也是好的。就在此祝你：

谈谈笑笑，

跑跑跳跳！

你的朋友　孟实

谈　静

朋友：

前信谈动，只说出一面真理。人生乐趣一半得之于活动，也还有一半得之于感受。所谓“感受”是被动的，是容许自然界事物感动我的感官和心灵。这两个字含义极广。眼见颜色，耳闻声音，是感受；见颜色而知其美，闻声音而知其和，也是感受。同一美颜，同一和声，而各个人所见到的美与和的程度又随天资境遇而不同。比方路边有一棵苍松，你看见它只觉得可以砍来造船；我见到它觉得可以让人纳凉；旁人也许说它很宜于入画，或者说它是高风亮节的象征。再比方街上有一个乞丐，我只能见到他的蓬头垢面，觉得他很讨厌；你见他便发慈悲心，给他一个铜子；旁人见到他也许立刻发下宏愿，要打翻社会制度。这几个人反应不同，都由于感受力有强有弱。

世间天才之所以为天才，固然由于具有伟大的创造力，而他的感受力也分外比一般人强烈。比方诗人和美术家，你见不到的东西他能见到，你闻不到的东西他能闻到。麻木不仁的人就不然，你就请伯牙向他弹琴，他也只联想到棉匠弹棉花。感受也可以说是“领略”，不过领略只是感受的一方面。世界上最快活的人不仅是最活动的人，也是最能领略的人。所谓领略，就是能在生活中寻出趣味。好比喝茶，渴汉只管满口吞咽，会喝茶的人却一口一口地细啜，能领略其中风味。

能处处领略到趣味的人绝不至于岑寂，也绝不至于烦闷。朱子有一首诗说：“半亩方塘一鉴开，天光云影共徘徊。问渠那得清如许？为有源头活水来。”这是一种绝美的境界。你姑且闭目一思索，把这幅图画印在脑里，然后假想这半亩方塘便是你自己的心，你看这首诗比拟人生苦乐多么惬当！一般人的生活干燥，只是因为他们的“半亩方塘”中没有天光云影，没有源头活水来，这源头活水便是领略的趣味。

领略趣味的能力固然一半由于天资，一半也由于修养。大约静中比较容易见出趣味。物理上有一条定律说：两物不能同时并存于同一空间。这个定律在心理方面也可以说得通。一般人不能感受趣味，大半因为心地太忙，不空所以不灵。我所谓“静”，便是指心界的空灵，不是指物界的沉寂，物界永远不沉寂的。你的心境愈空灵，你愈不觉得物界沉寂，或者我还可以进一步说，你的心界愈空灵，你也愈不觉得物界喧嘈。所以习静并不必定要逃空谷，也不必定学佛家静坐参禅。静与闲也不同。许多闲人不必都能领略静中趣味，而能领略静中趣味的人，也不必定要闲。在百忙中，在廛市喧嚷中，你偶然间丢开一切，悠然遐想，你心中便蓦然似有一道灵光闪烁，无穷妙悟便源源而来。这就是忙中静趣。

我这番话都是替两句人人知道的诗下注脚。这两句诗就是“万物静观皆自得，四时佳兴与人同”。大约诗人的领略力比一般人都要大。近来看周作人的《雨天的书》引日本人小林一茶的一首俳句：

不要打哪，苍蝇搓他的手，搓他的脚呢。

觉得这种情境真是幽美。你懂得这一句诗就懂得我所谓静趣。中国诗人到这种境界的也很多。现在姑且就一时所想到的写几句给你看：

鱼戏莲叶东，鱼戏莲叶西，鱼戏莲叶南，鱼戏莲叶北。

——古诗，作者姓名佚

山涤余霭，宇暧微霄。有风自南，翼彼新苗。

——陶渊明《时运》

采菊东篱下，悠然见南山。山气日夕佳，飞鸟相与还。

——陶渊明《饮酒》

目送归鸿，手挥五弦。俯仰自得，游心太玄。

——嵇叔夜《兄秀才公穆入军赠诗十九首》

倚杖柴门外，临风听暮蝉。渡头余落日，墟里上孤烟。

——王摩诘《辋川闲居赠裴秀才迪》

像这一类描写静趣的诗，唐人五言绝句中最多。你只要仔细玩味，你便可以见到这个宇宙又有一种景象，为你平时所未见到的。梁任公（梁启超）的《饮冰室文集》里有一篇谈“烟士披里纯（灵感，为英文音译）”，詹姆士的《与教员学生谈话》（James：*Talks To Teachers and Students*）里面有三篇谈人生观，关于静趣都说得很透辟。可惜此时这两部书都不在手边，不能录几段出来给你看。你最好自己到图书馆里去查阅。詹姆士的《与教员学生谈话》那三篇文章（最后三篇）尤其值得一读，记得我从前读这三篇文章，很受他感动。

静的修养不仅是可以使你领略趣味，对于求学处事都有极大帮助。释迦牟尼在菩提树荫静坐而证道的故事，你是知道的。古今许多伟大人物常能在仓皇扰乱中雍容应付事变，丝毫不觉张皇，就因为能镇静。现代生活忙碌，而青年人又多浮躁。你站在这潮流里，自然也难免跟着旁人乱嚷。不过忙里偶然偷闲，闹中偶然习静，于身于心，都有极大裨益。你多在静中领略些趣味，不仅你自己受用，就是你的朋友们看着你也快慰些。我生平不怕呆人，也不怕聪明过度的人，只是对着没有趣味的人，要勉强同他说应酬话，真是觉得苦也。你对着有趣味的人，你并不必多谈话，只是默然相对，心领神会，便可觉得朋友中间的无上至乐。你有时大概也发生同样感想吧？

眠食诸希珍重！

你的朋友　孟实

谈中学生与社会运动

朋友：

第一封信曾谈到，孙中山先生知难行易的学说和不读书而空谈革命的危险。这个问题有特别提出讨论的必要，所以再拿它来和你商量商量。

你还记得叶楚伧先生的演讲吧？他说，如今中国在学者只言学，在工者只言工，在什么者只言什么，结果弄得没有一个在国言国的人，而国事之糟，遂无人过问。叶先生在这里只主张在学者应言国，却未明言在国亦必言学。恽代英先生更进一步说，中国从孔孟二先生以后，读过二千几百年的书，讲过二千几百年的道德，仍然无补国事，所以读书讲道德无用，一切青年都应该加入战线去革命。这是一派的主张。

同时你也许见过前几年的上海大同大学的章程，里面有一条大书特书："本校主张以读书救国，凡好参加爱国运动者不必来！"这并不是大同大学的特有论调，凡遇学潮发生，你走到一个店铺里，或是坐在一个校务会议席上，你定会发现大家所窃窃私语、引为深忧的都不外“学生不读书，而好闹事”一类的话。因为这是可以深忧的，教育部所以三令五申，“整顿学风！”这又是一派的主张。

叶、恽诸先生们是替国民党宣传的。你知道我无党籍，而却深信中国想达民治必经党治。所以我如果批评叶、恽二先生，非别有用意，乃责备贤者，他们在青年中物望所系，出言不慎，便不免贻害无穷。比方叶先生的话就有许多语病。国家是人民组合体，在学者能言学，在工者能言工，在什么者便能言什么，合而言之，就是在国言国。如今中国弊端就在在学者不言学，在工者不言工，大家都抛弃分内事而空谈爱国。结果学废工弛，而国也就不能救好，这是显然的事实。恽先生从中国历史证明读书无用，也颇令人怀疑。法国革命单是丹东、罗伯斯庇尔的功劳，而卢梭、伏尔泰没有影响吗？近代经济革命，单是列宁的功劳而著《资本论》的马克思没有影响吗？思想革命成功，制度革命才能实现。辛亥革命还未成功，不是制度革命未成功，是思想革命未成功，这是大家应该承认的。

中国人蜂子孵蛆的心理太重，只管煽动人“类我类我！”比方我欢喜谈国事，就藐视你读书；你欢喜读书，就藐视我谈国事。其实单面锣鼓打不成闹台戏。要撑起中国场面，也要生旦净丑角俱全。我们对于鼓吹青年都抛开书本去谈革命的人，固不敢赞同，而对于悬参与爱国运动为厉禁的学校也觉得未免矫枉过正。学校与社会绝缘，教育与生活绝缘，在学理上就说不通。若谈事实，则这一代的青年、来一代的领袖，此时如果毫无准备，想将来理乱不问的书生一旦会变成措置咸宜的社会改造者，也是痴人妄想。固然，在秩序安宁的国家里，所谓“天下有道，则庶人不议”，用不着学生去干预政治。可是在目前中国，又另有说法。民众未醒觉，舆论未成立，教育界中人本良心主张去监督政府，也并不算越职。总而言之，救国读书都不可偏废。蔡孑民（蔡元培）先生说：“读书不忘救国，救国不忘读书。”这两句话是青年人最稳妥的座右铭。

所谓救国，并非空口谈革命所可了事。我们跟着社会运动家喊“打倒军阀”“打倒帝国主义”，力已竭，声已嘶了。而军阀淫威既未稍减，帝国主义的势力也还在扩张。朋友，空口呐喊大概有些靠不住吧？北方人奚落南方人，往往说南方人打架，双方都站在自家门里摩拳擦掌对骂，你说：“你来，我要打杀你这个杂种！”我说：“我要送你这条狗命见阎王。”结果半拳不挥，一哄而散。住在租界谈革命的人不也是这样空摆威风吗？

“五四”以来，种种运动只在外交方面稍生微力。但是你如果把这点微力看得了不得的重要，那你就未免自欺。“夫人必自侮，而后人侮之。”“自侮”的成分一日不减绝，你一日不能怪人家侮你。你应该回头看看你自己是什么样的一个人，看看政府是什么样的一个政府，看看人民是什么样的一个人民。向外人争“脸”固然要紧，可是你切莫要因此忘记你自己的家丑！

家丑如何洗得清？我从前想，要改造中国，应由下而上，由地方而中央，由人民而政府，由部分而全体，近来觉得这种见解不甚精当，国家是一种有机体，全体与部分都息息相关，所以整顿中国，由中央而地方的改革，和由地方而中央的改革须得同时并进。不过从前一般社会运动家大半太重视国家大政，太轻视乡村细务了。我们此后应该排起队伍，“向民间去”。

我记得在香港听孙中山先生谈他当初何以想起革命的故事。他少年时在香港学医，欢喜在外面散步，他觉得香港街道既那样整洁，他香山县的街道就不应该那样污秽。他回到香山县，就亲自去做清道夫，后来居然把他门前的街道打扫干净了。他因而想到一切社会上的污浊，都应该，都可以如此清理。这才是真正革命家！别人不管，我自己只能做小事。别人鼓吹普及教育，我只提起粉笔诚诚恳恳地当一个中小学教员；别人提倡国货，我只能穿起土布衣到乡下去办一个小工厂；别人喊打倒军阀，我只能苦劝我的表兄不当兵；别人发电报攻击贿选，吾侪小人，发电报也没有人理会，我只能集合同志出死力和地方绅士奋斗，不叫买票卖票的事在我自己乡里发生。大事小事都要人去做。我不敢说别人做的不如我做的重要。但是别人如果定要拉我丢开这些末节去谈革命，我只能敬谢不敏

（屠格涅夫的《父与子》里那位少年虚无党临死时所说的话，最使我感动，可惜书不在身旁，不能抄译给你看，你自己寻去吧）。

总而言之，到民间去！要到民间去，先要把学生架子丢开。我记得初进中学时，有一天穿着短衣出去散步，路上遇见一个老班同学，他立刻就竖起老班的喉嗓子问我："你的长衫到哪里去了？"教育尊严，哪有学生出门而不穿长衫？街上人看见学生不穿长衣，还成什么体统？我那时就逐渐学得些学生的尊严了。有时提起篮子去买菜，也不免羞羞涩涩的，此事虽小，可以喻大。现在一般青年的心理大半都还没根本改变。学生自成一种特殊阶级，把社会看成待我改造的阶级。这种学者的架子早已御人于千里之外，还谈什么社会运动？你尽管说运动，社会却不敢高攀，受你的运动。这不是近几年的情形吗？

老实说，社会已经把你我们看成眼中钉了。这并非完全是社会的过处。现在一般学生，有几个人配谈革命？吞剥捐款、聚赌宿娼的是否没曾充过代表、赴过大会？勾结绅士政客以捣乱学校的是否没曾谈过教育尊严？向日本政府立誓感恩以分润庚子赔款的，是否没曾喊过打倒帝国主义？其实，社会还算是客气，他们如要是提笔写学生罪状，怕没有材料吗？你也许说，任何团体都有少数败类，不能让全体替少数人负过。但是青年人都有过于自尊的幻觉，在你谈爱国谈革命以前，你总应该默诵几声“君子求诸己!”

话又说长了，再见罢!

你的朋友　孟实

谈十字街头

朋友：

岁暮天寒，得暇便围炉嘘烟遐想。今日偶然想到日本厨川白村的《出了象牙之塔》和《走向十字街头》两部书，觉得命名大可玩味。玩味之余，不觉发生一种反感。

所谓“走向十字街头”有两种解释。从前学士大夫好以清高名贵相尚，所以力求与世绝缘，冥心孤往。但是闭户读书的成就总难免空疏虚伪。近代哲学与文艺都逐渐趋向唯实，于是大家都极力提倡与现实生活接触。世传苏格拉底把哲学从天上搬到地下，这是“走向十字街头”的一种意义。

学术思想是天下公物，须得流布人间，以求雅俗共赏。威廉·莫里斯和托尔斯泰所主张的艺术民众化，叔琴先生在《一般》诞生号中所主张的特殊的一般化，爱迪生所谓把哲学从课室图书馆搬到茶寮客座，这是“走向十字街头”的另一意义。

这两种意义都含有极大的真理。可是在这“德谟克拉西（民主，为英文音译）”呼声极高的时代，大家总不免忘记关于十字街头的另一面真理。

十字街头的空气中究竟含有许多腐败剂，学术思想出了象牙之塔到了十字街头以后，一般化的结果常不免流为俗化（vulgarized）。昨日的殉道者，今日或成为市场偶像，而真纯面目便不免因之污损了。到市场而不成为偶像，成偶像而不至于破落，都是很难的事。老学经过流俗化以后，其结果乃为白云观以静坐骗铜子的道士。易学经过流俗化以后，其结果乃为街头摆摊卖卜的江湖客。佛学经过流俗化以后，其结果乃为祈财求子的三姑六婆和秃头肥脑的蠢和尚。这都是世人所共见周知的。不必远说，且看西方科学、哲学和文学落到时下一般打学者冒牌的人手里，弄得成何体统！

寂居文艺之宫，固然会像不流通的清水，终久要变成污浊恶臭的。可是十字街头的叫嚣，十字街头的尘粪，十字街头的挤眉弄眼，都处处引诱你汩没自我。臣门如市，臣心就绝不能如水。名利、声势、虚伪、刻薄、肤浅、欺侮等字样，听起来多么刺耳朵，实际上谁能摆脱得净尽？所以站在十字街头的人们——尤其是你我们青年——要时时戒备十字街头的危险，要时时回首瞻顾象牙之塔。

十字街头上握有最大威权的是习俗。习俗有两种，一为传说（Tradition），一为时尚（Fashion）。儒家的礼教，五芝斋的馄饨，是传说；新文化运动，四马路的新装，是时尚。传说尊旧，时尚趋新，新旧虽不同，而盲从附和，不假思索，则根本无二致。社会是专制的，是压迫的，是不容自我伸张的。比方九十九个人守贞节，你一个人偏要不贞，你固然是伤风败俗，大逆不道；可是如果九十九个人都是娼妓，你一个人偏要守贞节，你也会成为社会公敌，被人唾弃的。因此，苏格拉底所以饮鸩，伽利略所以被教会加罪，罗曼·罗兰、克罗齐、罗素所以在欧战期间被人谩骂。

本来风化习俗这件东西，孽虽造得不少，而为维持社会安宁计，却亦不能尽废。人与人相接触，问题就会发生。如果世界只有我，法律固为虚文，而道德也便无意义。人类须有法律道德维持，固足证其顽劣；然而人类既顽劣，道德法律也就不能勾销。所以老庄上德不德、绝圣弃智的主张，理想虽高，而究不适于顽劣的人类社会。

习俗对于维持社会安宁，自有相当价值，我们是不能否认的。可是以维持安宁为社会唯一目的，则未免大错特错。习俗是守旧的，而社会则须时时翻新，才能增长滋大，所以习俗有时时打破的必要。人是一种贱动物，只好模仿因袭，不乐改革创造。所以维持固有的风化，用不着你费力。你让它去，世间自有一般庸人懒人去担心。可是要打破一种习俗，却不是一件易事。物理学上仿佛有一条定律说，凡物既静，不加力不动。而所加的力必比静物的惰力大，才能使它动。打破习俗，你须以一二人之力，抵抗千万人之惰力，所以非有雷霆万钧的力量不可。因此，习俗的背叛者比习俗的顺从者较为难能可贵，从历史看社会进化，都是靠着几个站在十字街头而能向十字街头宣战的人。这般人的报酬往往不是十字架，就是断头台。可是世间只有他们才是不朽，倘若世界没有他们这些殉道者，人类早已为乌烟瘴气闷死了。

一种社会所最可怕的不是民众浮浅顽劣，因为民众通常都是浮浅顽劣的；它所最可怕的是没有在浮浅卑劣的环境中而能不浮浅不卑劣的人。比方英国民众就是很沉滞顽劣的，然而在这种沉滞顽劣的社会中，偶尔跳出一二个性坚强的人，如雪莱、卡莱尔、罗素等，其特立独行的胆与识，却非其他民族所可多得。这是英国人力量所在的地方。路易·笛铿生尝批评日本，说她是一个没有柏拉图和亚里士多德的希腊，所以不能造伟大的境界。据生物学家说，物竞天择的结果不能产生新种，要产生新种须经突变（sports）。所谓突变，是指不像同种的新裔。社会也是如此，它能否生长滋大，就看它有无突变式的分子；换句话说，就看十字街头的矮人群中有没有几个大汉。

说到这点，我不能不替我们中国人汗颜了。处人胯下的印度还有一位泰戈尔和一位甘地，而中国满街只是一些打冒牌的学者和打冒牌的社会运动家。强者皇然叫嚣，弱者随声附和；旧者盲从传说，新者盲从时尚。相习成风，每况愈下，而社会之浮浅顽劣虚伪酷毒，乃日不可收拾。在这个当儿，站在十字街头的我们青年怎能免彷徨失措？朋友，昔人临歧而哭，假如你看清你面前的险径，你会心寒胆裂哟！围着你的全是浮浅顽劣虚伪酷毒，你只有两种应付方法：你只有和它冲突，要不然，就和它妥洽。在现时这种状况之下，冲突就是烦恼，妥洽就是堕落。无论走哪一条路，结果都是悲剧。

但是，朋友，你我正不必因此颓丧！假如我们的力量够，冲突结果，也许是战胜。让我们相信世界达真理之路只有自由思想，让我们时时记着十字街头浮浅虚伪的传说和时尚都是真理路上的障碍，让我们本着少年的勇气把一切市场偶像打得粉碎！

最后，打破偶像，也并非鲁莽叫嚣所可了事。鲁莽叫嚣还是十字街头的特色，是浮浅卑劣的表征。我们要能于叫嚣扰攘中：以冷静态度，灼见世弊；以深沉思考，规划方略；以坚强意志，征服障碍。总而言之，我们要自由伸张自我，不要汩没在十字街头的影响里去。

朋友，让我们一齐努力吧！

你的朋友　孟实

谈多元宇宙

朋友：

你看到“多元宇宙”这个名词，也许联想到詹姆斯的哲学名著。但是你不用骇怕我谈玄，你知道我是一个不懂哲学而且厌听哲学的人。今天也只是吃家常便饭似的，随便谈谈，与詹姆斯毫无关系。

年假中朋友们无事来闲谈，“言不及义”的时候，动辄牵涉到恋爱问题。各人见解不同，而我所援以辩护恋爱的便是我所谓“多元宇宙”。

什么叫作“多元宇宙”呢？

人生是多方面的，每方面如果发展到极点，都自有其特殊宇宙和特殊价值标准。我们不能以甲宇宙中的标准，测量乙宇宙中的价值。如果勉强以甲宇宙中的标准，测量乙宇宙中的价值，则乙宇宙便失其独立性，而只在乙宇宙中可尽量发展的那一部分性格便不免退处于无形。

各人资察经验不同，而所见到的宇宙，其种类多寡，量积大小，也不一致。一般人所以为最切己而最推重的是“道德的宇宙”。“道德的宇宙”是与社会俱生的。如果世间只有我，“道德的宇宙”便不能成立。比方没有父母，便无孝慈可言；没有亲友，便无信义可言。人与人相接触以后，然后道德的需要便因之而起。人是社会的动物，而同时又秉有反社会的天性。想调剂社会的需要与利己的欲望，人与人中间的关系不能不有法律道德为之维护。因有法律存在，我不能以利己欲望妨害他人，他人也不能以利己欲望妨害我，于是彼此乃宴然相安。因有道德存在，我尽心竭力以使他人享受幸福，他人也尽心竭力以使我享受幸福，于是彼此乃欢然同乐，社会中种种成文的礼法和默认的信条都是根据这个基本原理。服从这种礼法和信条便是善，破坏这种礼法和信条便是恶。善恶便是“道德的宇宙”中的价值标准。

我们既为社会中人，享受社会所赋予的权利，便不能不对于社会负有相当义务，不能不趋善避恶，以求达到“道德的宇宙”的价值标准的最高点。在“道德的宇宙”中，如果能登峰造极，也自能实现伟大的自我，孔子、苏格拉底和耶稣诸人的风范所以照耀千古。

但是“道德的宇宙”绝不是人生唯一的宇宙，而善恶也绝不能算是一切价值的标准，这是我们中国人往往忽略的道理。

比方在“科学的宇宙”中，善恶便不是适当的价值标准。“科学的宇宙”中的适当的价值标准只是真伪。科学家只问：

这个定律是否合于事实？这个结论是否没有讹错，他们绝问不到："物体向地心下坠"合乎道德吗？"勾方加股方等于弦方"有些不仁不义吧？固然"科学的宇宙"也有时和"道德的宇宙"相抵触，但是科学家只当心真理而不顾社会信条。伽利略宣传哥白尼"地动说"，达尔文主张生物是进化而不是神造的，就教会眼光看，他们都是不道德的，因为他们直接地辩驳圣经，间接地摇动宗教和它的道德信条。可是伽利略和达尔文是"科学的宇宙"中的人物，从"道德的宇宙"所发出来的命令，他们则不敢奉命唯谨。科学家的这种独立自由的态度到现代更渐趋明显。比方伦理学从前是指导行为的规范科学，而近来却都逐渐向纯粹科学的路上走，它们的问题也逐渐由"应该或不应该如此"变为"实在是如此或不如此"了。

其次，"美术的宇宙"也是自由独立的。美术的价值标准既不是是非，也不是善恶，只是美丑。从希腊以来，学者对于美术有三种不同的见解。一派以为美术含有道德的教训，可以陶冶性情。一派以为美术的最大功用只在供人享乐。第三派则折中两说，以为美术既是教人道德的，又是供人享乐的。好比药丸加上糖衣，吃下去又甜又受用。这三种学说在近代都已被人推翻了。现代美术家只是"为美术而言美术"（Art for Art's Sake）。意大利美学泰斗克罗齐并且说美和善是绝对不能混为一谈的。因为道德行为都是起于意志，而美术品只是直觉得来的意象，无关意志，所以无关道德。这并非说美术是不道德的，美术既非“道德的”，也非“不道德的”，它只是“超道德的”。说一个幻想是道德的，或者说一幅画是不道德的，是无异于说一个方形是道德的，或者说一个三角形是不道德的，同为毫无意义。美术家最大的使命，求创造一种意境，而意境必须超脱现实。我们可以说，在美术方面，不能“脱实”便是不能“脱俗”。因此，从“道德的宇宙”中的标准看，曹操、阮大铖、李波 · 李披（Fra Lippo Lippi）和拜伦一般人都不是圣贤，而从“美术的宇宙”中的标准看，这些人都不失其为大诗家或大画家。

再其次，我以为恋爱也是自成一个宇宙。在“恋爱的宇宙”里，我们只能问某人之爱某人是否真纯，不能问某人之爱某人是否应该。其实就是只“应该不应该”的问题，恋爱也是不能打消的。从生物学观点看，生殖对于种族为重大的利益，而对于个体则为重大的牺牲。带有重大的牺牲，不能不兼有重大的引诱，所以性欲本能在诸本能中最为强烈。我们可以说，人应该生存，应该绵延种族，所以应该恋爱。但是这番话仍然是站在“道德的宇宙”中说的，在“恋爱的宇宙”中，恋爱不是这样机械的东西，它是至上的，神圣的，含有无穷奥秘的。在恋爱的状态中，两人脉搏的一起一落，两人心灵的一往一复，都恰能欣合无间。在这种境界，如果身家、财产、学业、名誉、道德等观念渗入一分，则恋爱真纯的程度便须减少一分。真能恋爱的人只是为恋爱而恋爱，恋爱以外，不复另有宇宙。

“恋爱的宇宙”和“道德的宇宙”虽不必定要不能相容，而在实际上往往互相冲突。恋爱和道德相冲突时，我们既不能两全，应该牺牲恋爱呢，还是牺牲道德呢？道德家说，道德至上，应牺牲恋爱。爱伦·凯一般人说，恋爱至上，应牺牲道德。就我看，这所谓“道德至上”与“恋爱至上”都未免笼统。我们应该加上形容句子说，在“道德的宇宙”中道德至上，在“恋爱的宇宙”中恋爱至上。所以遇着恋爱和道德相冲突时，社会本其“道德的宇宙”的标准，对于恋爱者大肆其攻击诋毁，是分所应有的事，因为不如此则社会所赖以维持的道德难免隳丧；而恋爱者整个地酣醉于“恋爱的宇宙”里，毅然不顾一切，也是分所应有的事，因为不如此则恋爱不真纯。

“恋爱的宇宙”中，往往也可以表现出最伟大的人格。我时常想，能够恨人极点的人和能够爱人极点的人都不是庸人。日本民族是一个有生气的民族，因他们中间有人能够以嫌怨杀人，有人能够为恋爱自杀。我们中国人随在都讲“中庸”，恋爱也只能达到温汤热。所以为恋爱而受社会攻击的人，立刻就登报自辩。这不能不算是根性浅薄的表征。

朋友，我每次写信给你都写到第六张信笺为止。今天已写完第六张信笺了，可是如果就在此搁笔，恐怕不免叫人误解，让我在收尾时郑重声明一句吧。恋爱是至上的，是神圣的，所以也是最难遭遇的。“道德的宇宙”里真正的圣贤少，“科学的宇宙”里绝对真理不易得，“美术的宇宙”里完美的作家寥寥，“恋爱的宇宙”里真正的恋爱人更是凤毛麟角。恋爱是人格的交感共鸣，所以恋爱真纯的程度以人格高下为准。一般人误解恋爱，动于一时飘忽的性欲冲动而发生婚姻关系，境过则情迁，色衰则爱弛，这虽是冒名恋爱，实则只是纵欲。我为真正恋爱辩护，我却不愿为纵欲辩护，我愿青年应该懂得恋爱神圣，我却不愿青年在血气未定的时候，去盲目地假恋爱之名寻求泄欲。

意长纸短，你大概已经懂得我的主张了吧？

你的朋友　孟实

谈升学与选课

朋友：

你快要在中学毕业了，此时升学问题自然常在脑中盘旋。这一着也是人生一大关键，所以值得你慎而又慎。

升学问题分析起来便成为两个问题，第一是选校问题，第二是选科问题。这两个问题自然是密切相关的，但是为说话清晰起见，分开来说，较为便利。

我把选校问题放在第一，因为青年们对于选校是最容易走入迷途的。现在中国社会还带有科举时代的资格迷。比方小学才毕业便希望进中学，大学才毕业便希望出洋，出洋基本学问还没有做好，便希望掇拾中国古色斑斑的东西去换博士。学校文凭只是一种找饭碗的敲门砖。学校招牌愈亮，文凭就愈行时，实学是无人过问的。社会既有这种资格迷，而资格买卖所便乘机而起。租三间铺面，拉拢一个名流当"名誉校长"，便可挂起一个某某大学的招牌。只看上海一隅，大学的总数比较英或法全国大学的总数似乎还要超过，谁说中国文化没有提高呢？大学既多，只是称“大学”还不能动听，于是“大学”之上又冠以“美国政府注册”的头衔。既“大学”而又在“美国政府注册”，生意自然更加茂盛了。何况许多名流又肯“热心教育”做“名誉校长”呢？

朋友，可惜这些多如牛毛的大学都不能解决我们升学的困难，因为那些有“名誉校长”或是“美国政府注册”的大学，是预备让有钱可花的少爷公子们去逍遥岁月，像你我们既无钱可花，又无时光可花，只好望望然去罢。好在它们的生意并不会因我们“杯葛”（英文boycott的音译，意为“集体抵制”，编者加）而低落的，我们求学最难得的是诚恳的良师与和爱的益友，所以选校应该以有无诚恳和爱的空气为准。如果能得这种学校空气，无论是大学不是大学，我们都可以心满意足。做学问全赖自己，做事业也全赖自己，与资格都无关系。我看过许多留学生程度不如本国大学生，许多大学生程度不如中学生。至于凭资格去混事做，学校的资格在今日是不大高贵的，你如果作此想，最好去逢迎奔走，因为那是一条较捷的路径。

升学问题，跨进大学门限以后，还不能算完全解决。选科选课还得费你几番踌躇。在选课的当儿，个人兴趣与社会需要尝不免互相冲突。许多人升学选课都以社会需要为准。从前人都欢迎速成法政；我在中学时代，许多同学都希望进军官学校或是教会大学；我进了高等师范，那要算是穷人末路。那时高等师范里最时髦的是英文科，我选了国文科，那要算是腐儒末路。杜威来中国时，哥伦比亚大学的留学生们把教育学也弄得很热闹。近来书店逐渐增多，出诗文集一天容易似一天，文学的风头也算是出得十足透顶。听说现在法政经济又很走时了。朋友，你是学文学或是学法政呢？“学以致用”本来不是一种坏的主张，但是资禀兴趣人各不同，你假若为社会需要而忘却自己，你就未免是一位“今之学者”了。任何科目，只要和你兴趣资禀相近，都可以发挥你的聪明才力，都可以使你效用于社会。所以你选课时，旁的问题都可以丢开，只要问：“这门功课合我的胃口吗？”

我时常想，做学问，做事业，在人生中都只能算是第二桩事。人生第一桩事是生活。我所谓“生活”是“享受”，是“领略”，是“培养生机”。假若为学问为事业而忘却生活，那种学问事业在人生中便失其真正意义与价值。因此，我们不应该把自己看作社会的机械。一味迎合社会需要而不顾自己兴趣的人，就没有明白这个简单的道理。

我把生活看作人生第一桩要事，所以不赞成早谈专门；早谈专门便是早走狭路，而早走狭路的人对于生活常不能见得面面俱到。前天G君对我谈过一个故事，颇有趣，很可说明我的道理。他说，有一天，一个中国人、一个印度人和一位美国人游历，走到一个大瀑布前面，三人都看得发呆，中国人说：“自然真是美丽！”印度人说：“在这种地方才见到神的力量呢！”美国人说：“可惜偌大水力都空费了！”这三句话各个不同，各有各的真理，也各有各的缺陷。在完美的世界里，我们在瀑布中应能同时见到自然的美丽、神力的广大和水力的实用。许多人因为站在狭路上，只能见到诸方面的某一面，便说他人所见到的都不如他的真确。前几年大家曾像煞有介事地争辩哲学和科学，争辩美术和宗教，不都是坐井观天诬天渺小吗？

我最怕和谈专门的书呆子在一起，你同他谈话，他三句话就不离本行。谈到本行以外，旁人所以为兴味盎然的事物，他听之则麻木不能感觉。像这样的人是因为做学问而忘记生活了。我特地提出这一点来说，因为我想现在许多人大谈职业教育，而不知单讲职业教育也颇危险。我并非反对职业教育，我却深深地感觉到职业教育应该有宽大自由教育（Liberal education）做根底。倘若先没有多方面的宽大自由教育做根底，则职业教育的流弊，在个人方面，常使生活单调乏味，在社会方面，常使文化浮浅褊狭。

许多人一开口就谈专门（specialization），谈研究（research work）。他们说，欧美学问进步所以迅速，由于治学尚专门。原来不专则不精，固是自然之理，可是“专”也并非是任何人所能说的。倘若基础树得不宽广，你就是“专”，也绝不能“专”到多远路。自然和学问都是有机的系统，其中各部分常息息相通，牵此则动彼。倘若你对于其他各部分都茫无所知，而专门研究某一部分，实在是不可能的。哲学和历史，须有一切学问做根底；文学与哲学、历史也密切相关；科学是比较可以专习的，而实亦不尽然。比方生物学，要研究到精深的地步，不能不通化学，不能不通物理学，不能不通地质学，不能不通数学和统计学，不能不通心理学。许多人连动物学和植物学的基础也没有，便谈专门研究生物学，是无异于未学爬而先学跑的。我时常想，学问这件东西，先要能博大而后能精深。“博学守约”，真是至理名言。亚里士多德是种种学问的祖宗。康德在大学里几乎能担任一切功课的教授。歌德盖代文豪而于科学上也很有建树。亚当·斯密是英国经济学的始祖，而他在大学是教授文学的。近如罗素，他对于数学、哲学、政治学样样都能登峰造极。这是我信笔写来的几个确例。西方大学者（尤其是在文学方面）大半都能同时擅长几种学问的。

我从前预备再做学生时，也曾痴心妄想过专门研究某科中的某某问题。来欧以后，看看旁人做学问所走的路径，总觉悟像我这样浅薄，就谈专门研究，真可谓“颜之厚矣”！我此时才知道从前在国内听大家所谈的“专门”是怎么一回事。中国一般学者的通弊就在不重根基而侈谈高远。比方“讲东西文化”的人，可以不通哲学，可以不通文学和美术，可以不通历史，可以不通科学，可以不懂宗教，而信口开河，凭空立说；历史学者闻之窃笑，科学家闻之窃笑，文艺批评学者闻之窃笑，只是发议论者自己在那里扬扬得意。再比方著世界文学史的人，法国文学可以不懂，英国文学可以不懂，德国文学可以不懂，希腊文学可以不懂，中国文学可以不懂，而东抄西袭，堆砌成篇，使法国文学学者见之窃笑，英国文学学者见之窃笑，中国文学学者见之窃笑，只是著书人自己在那里大吹喇叭。这真所谓“放屁放屁，真正岂有此理”！

朋友，你就是升到大学里去，千万莫要染着时下习气，侈谈高远而不注意把根基打得宽大稳固。我和你相知甚深，客气话似用不着说。我以为你在中学所打的基本学问的基础还不能算是稳固，还不能使你进一步谈高深专门的学问。至少在大学头一二年中，你须得尽力多选功课，所谓多选功课，自然也有一个限制。贪多而不务得，也是一种毛病。我是说，在你的精力时间可能范围以内，你须极力求多方面的发展。

最后，我这番话只是对你的情形而发的。我不敢说一切中学生都要趁着这条路走。但是对于预备将来专门学某一科而谋深造的人——尤其是所学的关于文哲和社会科学方面——我的忠告总含有若干真理。

同时，我也很愿听听你自己的意见。

你的朋友　孟实

谈作文

朋友：

我们对于许多事，自己愈不会做，愈望朋友做得好。我生平最大憾事就是对于美术和运动都一无所长。幼时薄视艺事为小技，此时亦偶发宏愿去学习，终苦于心劳力拙，快快然废去。所以每遇年幼好友，就劝他趁早学一种音乐，学一项运动。

其次，我极羡慕他人做得好文章。每读到一种好作品，看见自己所久想说出而说不出的话，被他人轻轻易易地说出来了，一方面固然以作者“先获我心”为快，而另一方面也不免心怀惭怍，唯其惭怍，所以每遇年幼好友，也苦口劝他练习作文，虽然明明知道人家会奚落我说：“你这样起劲谈作文，你自己的文章就做得‘蹩脚’！”

文章是可以练习的吗？迷信天才的人自然嗤着鼻子这样问。但是在一切艺术里，天资和人力都不可偏废。古今许多第一流作者大半都经过极刻苦的推敲揣摩的训练。法国福楼拜尝费三个月的工夫做成一篇文章；莫泊桑尝登门请教，福楼拜叫他把十年辛苦成就的稿本付之一炬，重新起首学描实境。我们读莫泊桑那样的极自然极轻巧极流利的小说，谁想到他的文字也是费功夫作出来的呢？我近来看见两段文章，觉得是青年作者应该悬为座右铭的，写在下面给你看看：

一段是从托尔斯泰的儿子Count IIya Tolstoy所作的《回想录》（*Reminiscences*）里面译出来的，这段记载托尔斯泰著《安娜 · 卡列尼娜》（*Ann Karenina*）修稿时的情形。他说："《安娜 · 卡列尼娜》初登俄报*Vyetnik*时，底页都须寄吾父亲自己校对。他起初在纸边加印刷符号如删削句读等，继而改字，继而改句，继而又大加增删，到最后，那张底页便成百孔千疮，糊涂得不可辨识。幸吾母尚能认清他的习用符号以及更改增删。她尝终夜不眠替吾父誊清改过底页。次晨，她便把他很整洁的清稿摆在桌上，预备他下来拿去付邮。吾父把这清稿又拿到书房里去看'最后一遍'，到晚间这清稿又重新涂改过，比原来那张底页要更加糊涂，吾母只得再抄一遍。他很不安地向吾母道歉：'松雅吾爱，真对不起你，我又把你誊的稿子弄糟了。我再不改了。明天一定发出去。'但是明天之后又有明天，有时甚至于延迟几礼拜或几月。他总是说，'还有一处要再看一下'，于是把稿子再拿去改过，再誊清一遍。有时稿子已发出了，吾父忽然想到还要改几个字，便打电报去吩咐报馆替他改。"

你看托尔斯泰对文字多么谨慎，多么不惮烦！此外小泉八云给张伯伦教授（Prof. Chamberlain）的信也有一段很好的自白，他说："……题目择定，我先不去运思，因为恐怕易生厌倦。我作文只是整理笔记。我不管层次，把最得意的一部分先急忙地信笔写下。写好了，便把稿子丢开，去做其他较适意的工作。到第二天，我再把昨天所写的稿子读一遍，仔细改过，再从头到尾誊清一遍，在誊清中，新的意思自然源源而来，错误也呈现了，改正了。于是我又把它搁起，再过一天，我又修改第三遍。这一次是最重要的，结果总比原稿大有进步，可是还不能说完善。我再拿一片干净纸做最后的誊清，有时须誊两遍。经过这四五次修改以后，全篇的意思自然各归其所，而风格也就改定妥帖了。"

小泉八云以美文著名，我们读他这封信，才知道他的成功秘诀。一般人也许以为这样咬文嚼字近于迂腐。在青年心目中，这种训练尤其不合胃口。他们总以为能倚马千言、不加点窜的才算好角色。这种念头不知误尽多少苍生。在艺术田地里比在道德田地里，我们尤其要讲良心。稍有苟且，便不忠实。听说印度的甘地主办一种报纸，每逢作文之先，必斋戒静坐沉思一日夜然后动笔。我们以文字骗饭吃的人们对之能不愧死吗？

文章像其他艺术一样，"神而明之，存乎其人"，精微奥妙都不可言传，所可以言传的全是糟粕。不过初学作文也应该认清路径，而这种路径是不难指点的。

学文如学画，学画可临帖，又可写生。在这两条路中间，写生自然较为重要。可是临帖也不可一笔勾销，笔法和意境在初学时总须从临帖中领会。从前中国文人学文大半全用临帖法。每人总须读过几百篇或几千篇名著，揣摩呻吟，至能背诵，然后执笔为文，手腕自然纯熟。欧洲文人虽亦重读书，而近代上品作者大半都由写生入手。莫泊桑初请教于福楼拜，福楼拜叫他描写一百个不同的面孔。霸若因为要描写吉卜赛野人生活，便自己去和他们同住，可是这并非说他们完全不临帖。许多第一流作者起初都经过模仿的阶段。莎士比亚起初模仿英国旧戏剧作者。布朗宁起初模仿雪莱。陀思妥耶夫斯基和许多俄国小说家都模仿雨果。我以为向一般人说法，临帖和写生都不可偏废。所谓临帖在多读书。中国现当新旧交替时代，一般青年颇苦无书可读。新作品寥寥有数，而旧书又受复古反动影响，为新文学家所不乐道。其实冬烘学究（指昏庸浅陋的知识分子）之厌恶新小说和白话诗，和新文学运动者之攻击读经和念古诗文，都是偏见。文学上只有好坏的分别，没有新旧的分别。青年们读新书已成时髦，用不着再提倡，我只劝有闲工夫有好兴致的人对于旧书也不妨去读读看。

读书只是一步预备的功夫，真正学作文，还要特别注意写生。要写生，须勤作描写文和记叙文。中国国文教员们常埋怨学生们不会作议论文。我以为这并不算奇怪。中学生的理解和知识大半都很贫弱，胸中没有议论，何能作得出议论文？许多国文教员们叫学生入手就作议论文，这是没有脱去科举时代的陋习。初学作议论文是容易走入空疏俗滥的路上去。我以为初学作文应该从描写文和记叙文入手，这两种文做好了，议论文是很容易办的。

这封信只就一时见到的几点说说。如果你想对于作文方法还要多知道一点，我劝你看看夏丏尊和刘薰宇两先生合著的《文章作法》。这本书有许多很精当的实例，对于初学者是很有用的。

你的朋友　孟实

谈情与理

朋友：

去年张东荪先生在《东方杂志》发表过两篇论文，讨论兽性问题，并提出理智救国的主张。今年李石岑先生和杜亚泉先生也为着同样问题，在《一般》上起过一番辩论。一言以蔽之，他们的争点是：我们的生活应该受理智支配呢？还是应该受感情支配呢？张、杜两先生都是理智的辩护者，而李先生则私淑尼采，对于理智颇肆抨击。我自己在生活方面，尝感着情与理的冲突。近来稍涉猎文学、哲学，又发现现代思潮的激变，也由这个冲突发轫。屡次手痒，想作一篇长文，推论情与理在生活与文化上的位置，因为牵涉过广，终于搁笔。在私人通信中，大题不妨小做，而且这个问题也是青年所急宜了解的，所以趁这次机会，粗陈鄙见。

科学家讨论事理，对于规范与事实，辨别极严。规范是应然的，是以人的意志定出一种法则来支配人类生活的。事实是实然的，是受自然法则支配的。比方伦理、教育、政治、法律、经济各种学问都侧重规范，数、理、化各种学问都侧重事实。规范虽和事实不同，而却不能不根据事实。比方在教育学中，“自由发展个性”是一种规范，而所根据的是儿童心理学中的事实；在马克思派经济学中，“阶级斗争”和“劳工专政”都是规范，而“剩余价值”律和“人口过剩”律是他所根据的事实。但是一般人制订规范，往往不根据事实而根据自己的希望。不知人的希望和自然界的事实常不相侔，而规范是应该限于事实的。规范倘若不根据事实，则不特不能实现，而且漫无意义。比方在事实上二加二等于四，而人的希望往往超过事实，硬想二加二等于五。既以为二加二等于五是很好的，便硬定“二加二应该等于五”的规范，这岂不是梦话？

我所以不满意于张东荪、杜亚泉诸先生的学说者，就因为他们既没有把规范和事实分别清楚，而又想离开事实，只凭自家理想去定规范。他们想把理智抬举到万能的地位，而不问在事实上理智是否万能；他们只主张理智应该支配一切生活，而不考究生活是否完全可以理智支配。我很奇怪张先生以柏格森的翻译者而抬举理智，我尤其奇怪杜先生想从哲学和心理学的观点去抨击李先生，而不知李先生的学说得自尼采，又不知他自己所根据的心理学早已陈死。

只论事实，世界文化和个人生活果能顺着理智所指的路径前进吗？现代哲学和心理学对于这个问题所给的答案是否定的。

哲学家怎么说呢？现代哲学的主要潮流可以说是18世纪理智主义的反动。自尼采、叔本华以至柏格森，没有人不看透理智的威权是不实在的。依现代哲学家看，宇宙的生命，社会的生命和个体的生命都只有目的而无先见（purposive without foresight）。所谓有目的，是说生命是有归宿的，是向某固定方向前进的。所谓无先见，是说在未归宿之先，生命不能自己预知归宿何所。比方母鸡孵卵，其目的在产小鸡，而这个目的却不必预存于母鸡的意识中。理智就是先见，生命不受先见支配，所以不受理智支配。这是现代哲学上一种主要思潮，而这个思潮在政治思想上演出两个相反的结论。其一为英国保守派政治哲学。他们说，理智既不能左右社会生命，所以我们应该让一切现行制度依旧存在，它们自己会变好，不用人费力去筹划改革。其一为法国行会主义（syndicalism）。这派激烈分子说，现行制度已经够坏了，把它们打破以后，任它们自己变去，纵然没有理智产生的建设方略，也绝不会有比现在更坏的制度发现出来。无论你相信哪一说，理智都不是万能的。

在心理学方面，理智主义的反动尤其剧烈。这种反动有两个大的倾向。第一个倾向是由边沁的乐利主义（hedonism）转到麦独孤的动原主义（homic theory）。乐利派心理学者以为一切行为都不外寻求快感与避免痛感。快感与痛感就是行为的动机。吾人心中预存何者发生快感、何者发生痛感的计算，而后才有寻求与避免的行为。换句话说，行为是理智的产品，而理智所去取，则以感觉之快与不快为标准。这种学说在18—19两世纪颇盛行，到了现代，因为受麦独孤心理学者的攻击，已成体无完肤。依麦独孤派学者看，乐利主义误在倒果为因。快感与痛感是行为的结果，不是行为的动机，动作顺利，于是生快感，动作受阻碍，于是生痛感；在动作未发生之前，吾人心中实未曾运用理智，预期快感如何寻求、痛感如何避免。行为的原动力是本能与情绪，不是理智。这个道理麦独孤在他的《社会心理学》里说得很警辟。

心理学上第二个反理智的倾向是弗洛伊德派的隐意识心理学。依这派学者看，心好比大海，意识好比海面浮着的冰山，其余汪洋深湛的统是隐意识。意识在心理中所占位置甚小，而理智在意识中所占位置又甚小，所以理智的能力是极微末的，通常所谓理智，大半是理性化（rationalisation）的结果，理智之来，常不在行为未发生之前，而在行为已发生之后。行为之发生，大半由隐意识中的情意综（complexes）主持。吾人于事后须得解释辩护，于是才找出种种理由来，这便是理性化。比方一个人钟爱一个女子，天天不由自主地走到她的寓所左右。而他自己所能举出的理由只不外“去看报纸”“去访她哥哥”“去看那棵柳树今天开了几片新叶”一类的话。照这样说，不特理智不易驾驭感情，而理智自身也不过是感情的变相。维护理智的人喜用弗洛伊德的升华说（sublimation）做护身符，不知所谓升华大半还是隐意识作用，其中情的成分比理的成分更加重要。

综观以上各点，我们可以知道在事实上理智支配生活的能力是极微末、极薄弱的，尊理智抑感情的人在思想上是开倒车，是想由现世纪回到18世纪。开倒车固然不一定就是坏，可是要开倒车的人应该先证明现代哲学和心理学是错误的。不然，我们绝难悦服。

更进一步，我们姑且丢开理智是否确能支配情感的问题，而衡量理智的生活是否确比情感的生活价值来得高。迷信理智的人不特假定理智能支配生活，而且假定理智的生活是尽善尽美的。第一个假定，我们已经知道，是与现代哲学和心理学相矛盾的。现在我们来研究第二个假定。

第一，我们应该知道理智的生活是很狭隘的。如果纯任理智，则美术对于生活无意义，因为离开情感，音乐只是空气的震动，图画只是涂着颜色的纸，文学只是连串起来的字。如果纯任理智，则宗教对于生活无意义，因为离开情感，自然没有神奇，而冥感灵通全是迷信。如果纯任理智，则爱对于人生也无意义，因为离开情感，男女的结合只是为着生殖。我们试想生活中无美术、无宗教（我是指宗教的狂热的情感与坚决信仰）、无爱情，还有什么意义？记得几年前有一位学生物学的朋友在《学灯》上发表一篇文章，说穷到究竟，人生只不过是吃饭与交媾。他的题目我一时记不起，仿佛是“悲”“哀”一类的字。专从理智着想，他的话是千真万确的。但是他忘记了人是有感情的动物。有了感情，这个世界便另是一个世界，而这个人生便另是一个人生，绝不是吃饭交媾就可以了事的。

第二，我们应该知道理智的生活是很冷酷的，很刻薄寡恩的。理智指示我们应该做的事甚多，而我们实在做到的还不及百分之一。所做到的那百分之一大半全是由于有情感在后面驱遣。比方我天天看见很可怜的乞丐，理智也天天提醒我赈济困穷的道理，可是除非我心中怜悯的情感触动时，我百回就有九十九回不肯掏腰包。前几天听见一位国学家投河的消息，和朋友们谈，大家都觉得他太傻。他固然是傻，可是世间有许多事须得有几分傻气的人才能去做。纯信理智的人天天都打计算，有许多不利于己的事他绝不肯去做的。历史上许多侠烈的事迹都是情感的而不是理智的。

人类如要完全信任理智，则不特人生趣味剥削无余，而道德亦必流为下品。严密说起，纯任理智的世界中只能有法律而不能有道德。纯任理智的人纵然也说道德，可是他们的道德是问理的道德（morality according to principle），而不是问心的道德（morality according to heart）。问理的道德迫于外力，问心的道德激于衷情，问理而不问心的道德，只能给人类以束缚而不能给人类以幸福。

比方中国人所认为百善之首的“孝”，就可以当作问理的道德，也可以当作问心的道德。如果单讲理智，父母对于子女不能居功，而子女对于父母便不必言孝。这个道理胡适之先生在《答汪长禄书》里说得很透辟。他说：

> “父母于子无恩”的话，从王充、孔融以来，也很久了。……今年我自己生了一个儿子，我才想到这个问题上去。我想这个孩子自己并不曾自由主张要生在我家，我们做父母的也不曾得他的同意，就糊里糊涂地给他一条生命，况且我们也并不曾有意送给他这条生命。我们既无意，如何能居功？……我们生一个儿子，就好比替他种了祸根，又替社会种了祸根。……所以我们教他养他，只是我们减轻罪过的法子。……这可以说是恩典吗？

因此，胡先生不赞成把“儿子孝顺父母”列为一种“信条”。

胡先生所以得此结论，是假定孝只是一种报酬，只是一种问理的道德。把孝当作这样解释，我也不赞成把它“列为一种信条”。但是我们要知道真孝并不是一种报酬，并不是借债还息。孝只是一种爱，而凡爱都是以心感心，以情动情，绝不像做生意买卖，时时抓住算盘子，计算你给我二五，我应该报酬你一十。换句话说，孝是情感的，不是理智的。世间有许多慈母，不惜牺牲一切，以养护她的婴儿；世间也有许多婴儿，无论到了怎样困穷忧戚的境遇，总可以把头埋在母亲的怀里，得那不能在别处得到的保护与安慰。这就是孝的起源，这也就是一切爱的起源。这种孝全是激于至诚的，是我所谓问心的道德。

孝不是一种报酬，所以不是一种义务，把孝看成一种义务，于是“孝”就由问心的道德降而为问理的道德了。许多人“孝顺”父母，并不是因为激于情感，只因为他想凡是儿子都须得孝顺父母，才成体统。礼至而情不至，孝的意义本已丧失。儒家想因存礼以存情，于是孝变成一种虚文。像胡先生所说，“无论怎样不孝的人，一穿上麻衣，戴上高梁冠，拿着哭丧棒，人家就赞他作‘孝子’”了。近人非孝，也是从理智着眼，把孝看作一种债息。其实与儒家末流犯同一毛病。问理的孝可非，而问心的孝是不可非的。

孝不过是许多事例中之一种。其他一切道德也都可以有问心的和问理的分别。问理的道德虽亦不可少，而衡其价值，则在问心的道德之下。孔子讲道德注重“仁”字，孟子讲道德注重“义”字，“仁”比“义”更有价值，是孔门学者所公认的。“仁”就是问心的道德，“义”就是问理的道德。宋儒注“仁义”两个字说：“仁者心之德，义者事之宜。”这是很精确的。

我说了这许多话，可以一言以蔽之，“仁”胜于“义”，问心的道德胜于问理的道德，所以情感的生活胜于理智的生活。生活是多方面的，我们不但要能够知（know），我们更要能够感（feel）。理智的生活只是片面的生活。理智没有多大能力去支配情感，纵使理智能支配情感，而理胜于情的生活和文化都不是理想的。

我对于这个问题还有许多的话，在这封信里只能言不尽意，待将来再说。

你的朋友　孟实

此文发表后，曾蒙杜亚泉先生给了一个批评（见《一般》三卷三号），当时课忙，所以没有奉复。我在此文结论中明明说过："问理的道德虽亦不可少，而衡其价值，则在问心的道德之下。"我并没有说把理智完全勾销。杜先生也说："我也主张主情的道德。"然则我们的意见根本并无二致。我不能不羡慕杜先生真有闲工夫。

杜先生一方面既然承认"朱先生说，'真孝并不是一种报酬'这句话很精到的"，而另一方面又加上一句"但是'孝不是一种义务'这句话却错了"。我以为他可以说出一番大道理来，而下文不过是如此："至于父母就是社会上担负教育子女义务的人……这种人在衰老的时候，社会也应该赡养他。"说明白一点咧，在子女幼时，父母曾为社会抚养子女；所以到父母老时，子女也应该为社会赡养父母。

请问杜先生，这是不是所谓报酬？承认我的"孝不是一种报酬"一语为"精到"，而说明"孝是一种义务"时，又回到报酬的原理，这似犯了维护理智的人们所谓"矛盾律"。

“今之孝者，是谓能养”，杜先生大约还记得下文吧？我承认“养老”“养小”都确是一种义务，我否认能尽这种义务就是孝慈。因为我主张于能尽养老的义务之外，还要有出于衷诚的敬爱，才能谓孝，所以我主张孝不是一种报酬。因为我主张孝不是一种报酬，所以我否认孝只是一种义务。杜先生同意于“孝不是一种报酬”，而致疑于“孝不是一种义务”，这也是矛盾。

维护理智的人，推理一再陷于矛盾，世间还有更好的凭据证明理智不可尽信吗？

十七年二月，孟实附注

谈摆脱

朋友：

近来研究黑格尔（Hegel）讨论悲剧的文章，有时拿他的学说来印证实际生活，颇觉欣然有会意。许久没有写信给你，现在就拿这点道理作谈料。

黑格尔对于古今悲剧，最推尊希腊索福克勒斯的《安提戈涅》（*Antigone*）。安提戈涅的哥哥因为争王位，借重敌国的兵攻击他自己的祖国底比斯，他在战场上被打死了。底比斯新王克瑞翁（Creon）悬令，如有人敢收葬他，便处死罪，因为他是一个国贼。安提戈涅很像中国的聂嫈，毅然不避死刑，把她哥哥的尸骨收葬了。安提戈涅又是和克瑞翁的儿子海蒙（Haemon）订过婚的，她被绞以后，海蒙痛恨她，也自杀了。

黑格尔以为凡悲剧都生于两理想的冲突，而《安提戈涅》是最好的实例。就克瑞翁说，做国王的职责和做父亲的职责相冲突。就安提戈涅说，做国民的职责和做妹妹的职责相冲突。就海蒙说，做儿子的职责和做情人的职责相冲突。因此冲突，故三方面结果都是悲剧。

黑格尔只是论文学，其实推广一点说，人生又何尝不是一种理想的冲突场？不过实在界和舞台有一点不同，舞台上的悲剧生于冲突之得解决，而人生的悲剧则多生于冲突之不得解决。生命途程上的歧路尽管千差万别，而实际上只有一条路可走，有所取必有所舍，这是自然的道理。世间有许多人站在歧路上只徘徊顾虑，既不肯有所舍，便不能有所取。世间也有许多人既走上这一条路，又念念不忘那一条路。结果也不免差误时光。“鱼我所欲也，熊掌亦我所欲也，二者不可得兼，舍鱼而取熊掌者也。”有这样果决，悲剧绝不会发生。悲剧之发生就在既不肯舍鱼，又不肯舍熊掌，只在那儿垂涎打算盘。这个道理我可以举几个实例来说明：

“禾”是一个大学生，很好文学，而他那一班的功课有簿记、有法律，都是他所厌恶的。他每见到我便愁眉蹙额地说：“真是无聊！天天只是预备考试！天天只是读这些没有意味的课本！”我告诉他：“你既不欢喜那些东西，便把它们丢开就是了。”他说：“既然花了家里的钱进学堂，总得要勉强敷衍考试才是。”我说：“你要敷衍考试，就敷衍考试就是了。”然而他天天嫌恶考试，天天又还在那儿预备考试。

我有一个幼时的同学恋爱了一个女子。他的家庭极力阻止他。他每次来信都向我诉苦。我去信告诉他说：“你既然爱她，便毅然不顾一切去爱她就是了。”他又说：“家庭骨肉的恩爱就能够这样恝然置之吗？”我回复他说：“事既不能两全，你便应该趁早疏绝她。”但是他到现在还是犹豫不知所可，还是照旧叫苦。

“禹”也是一个旧相识。他在衙门里充当一个小差事。他很能做文章，家里虽不丰裕，也还不至于没有饭吃。衙门里案牍和他的脾胃不很合，而且妨碍他著述。他时常觉得他的生活没有意味，和我谈心时，不是说：“嗳，如果我不要就这个事，这本稿子久已写成了。”就是说：“这事简直不是人干的，我回家陪妻子吃糙米饭去了！”像这样的话我也不知道听他说过多少回数，但是他还是依旧风雨无阻地去应卯。

这些朋友的毛病都不在“见不到”而在“摆脱不开”。“摆脱不开”便是人生悲剧的起源。畏首畏尾，徘徊歧路，心境既多苦痛，而事业也不能成就。许多人的生命都是这样模模糊糊地过去的。要免除这种人生悲剧，第一须要“摆脱得开”。消极说是“摆脱得开”，积极说便是“提得起”，便是“抓得住”。认定一个目标，便专心致志地向那里走，其余一切都置之度外，这是成功的秘诀，也是免除烦恼的秘诀。现在姑且举几个实例来说明我所谓“摆脱得开”。

释迦牟尼当太子时，乘车出游，看到生老病死的苦状，便恍然解悟人生虚幻，把慈父、娇妻、爱子和王位一齐抛开，深夜遁入深山，静坐菩提树下，冥心默想解脱人类罪苦的方法。这是古今第一个知道摆脱的人。其次如苏格拉底，如耶稣，如屈原，如文天祥，为保持人格而从容就死，能摆脱开一般人所摆脱不开的生活欲，也很可以廉顽立懦。再其次如希腊第欧根尼提倡克欲哲学，除一个饮水的杯子和一个盘坐的桶子以外，身旁别无长物，一日见童子用手捧水喝，他便把饮水的杯子也掷碎。犹太斯宾诺莎学说与犹太教义不合，犹太教徒行贿不遂，把他驱逐出籍，他以后便专靠磨镜过活。他在当时是欧洲第一个大哲学家，海德堡大学请他去当哲学教授，他说："我还是磨我的镜子比较自由。"所以谢绝教授的位置。这是能为真理为学问摆脱一切的。卓文君逃开富家的安适，去陪司马相如当垆卖酒，是能为恋爱摆脱一切的。张翰在齐做大司马东曹掾，一天看见秋风乍起，想起吴中菰菜莼羹鲈鱼脍，立刻就弃官归里。陶渊明做彭泽令，不愿束带见督邮，向县吏说："我岂能为五斗米折腰向乡里小儿！"立即解绶辞官。这是能摆脱禄位以行吾心所安的。英国小说家司各特早年颇致力于诗，后读拜伦著作，知道自己在诗的方面不能有大成就，便丢开音律专去做他的小说。这是能为某一种学问而摆脱开其他学问之引诱的。孟敏堕甑，不顾而去。郭林宗问他的缘故，他回答说："甑已碎，顾之何益？"这是能摆脱过去之失败的。

史蒂文森论文，说文章之术在知遗漏（the art of omitting），其实不独文章如是，生活也要知所遗漏。我幼时，有一位最敬爱的国文教师看出我不知摆脱的毛病，尝在我的课卷后面加这样的批语："长枪短戟，用各不同，但精其一，已足致胜，汝才有偏向，姑发展其所长，不必广心博骛也。”十年以来，说了许多废话，看了许多废书，做了许多不中用的事，走了许多没有目标的路，多尝试，少成功，回忆师训，殊觉赧然，冷眼观察，世间像我这样暗中摸索的人正亦不少。大节固不用说，请问街头那纷纷群众忙的为什么？为什么天天做明知其无聊的工作，说明知其无聊的话，和明知其无聊的朋友们假意周旋？在我看来，这都由于“摆脱不开”。因为人人都“摆脱不开”，所以生命便成了一幕最大的悲剧。

朋友，我写到这里，已超过寻常篇幅，把上面所写的翻看一过，觉得还没有把“摆脱”的道理说得透。我只谈到粗浅处，细微处让你自己暇时细心体会吧。

你的朋友　孟实

谈在卢浮宫[1]所得的一个感想

朋友：

去夏访巴黎卢浮宫，得摩挲《蒙娜丽莎》肖像的原迹，这是我生平一件最快意的事。凡是第一流美术作品都能使人在微尘中见出大千，在刹那中见出终古。列奥纳多·达·芬奇（Leonardo de Vinci）的这幅半身美人肖像纵横都不过十几寸，可是她的意蕴多么深广！佩特（Walter Pater）在《文艺复兴论》里说希腊、罗马和中世纪的特殊精神都在这一幅画里表现无遗。我虽然不知道佩特所谓希腊的生气、罗马的淫欲和中世纪的神秘是什么一回事，可是从那轻盈笑靥里我仿佛窥透人世的欢爱和人世的罪孽。虽则见欢爱而无留恋，虽则见罪孽而无畏惧。一切希冀和畏避的念头在霎时间都涣然冰释，只游心于和谐静穆的意境。这种境界我在贝多芬乐曲里，在米洛斯爱神雕像里，在《浮士德》诗剧里，也常隐约领略过，可是都不如

① 原文为"露浮尔宫"，编者加。

《蒙娜丽莎》所表现的深刻明显。

我穆然深思，我悠然遐想，我想象到中世纪人们的热情，想象到达·芬奇作此画时费四个寒暑的精心结构，想象到丽莎夫人临画时听到四周的缓歌慢舞，如何发出那神秘的微笑。

正想得发呆时，这中世纪的甜梦忽然被现世纪的足音惊醒，一个法国向导领着一群四五十个男的女的美国人蜂拥而来了。向导操很拙劣的英语指着说："这就是著名的《蒙娜丽莎》。"那班肥颈项胖乳房的人们照例露出几种惊奇的面孔，说出几个处处用得着的赞美的形容词，不到三分钟又蜂拥而去了。一年四季，人们尽管川流不息地这样蜂拥而来蜂拥而去，丽莎夫人却时时刻刻在那儿露出你不知道是怀善意还是怀恶意的微笑。

从观赏《蒙娜丽莎》的群众回想到《蒙娜丽莎》的作者，我顿时发生一种不调和的感触，从中世纪到现世纪，这中间有多么深多么广的一条鸿沟！中世纪的旅行家一天走上二百里已算飞快，现在坐飞艇不用几十分钟就可走几百里了。中世纪的著作家要发行书籍须得请僧侣或抄胥用手抄写，一个人朝于斯夕于斯的，一年还不定能抄完一部书，现在大书坊每日可出书万卷，任何人都可以出文集诗集了。中世纪许多书籍是新奇的，连在近代，以培根、笛卡儿那样渊博，都没有机会窥亚里士多德的全豹，近如包慎伯（包世臣）到三四十岁时才有一次机会借阅《十三经注疏》。现在图书馆林立，贩夫走卒也能博通上下古今了。中世纪画《蒙娜丽莎》的人须自己制画具自己配颜料，作一幅画往往须三年五载才可成功；现在美术家每日可以成几幅乃至于十几幅“创作”了。中世纪人想看《蒙娜丽莎》须和作者或他的弟子有交谊，真能欣赏他，才能侥幸一饱眼福，现在卢浮宫好比十字街，任人来任人去了。

这是多么深多么广的一条鸿沟！据历史家说，我们已跨过了这鸿沟，所以我们现代文化比中世纪进步得多了。话虽如此说，而我对着《蒙娜丽莎》和观赏《蒙娜丽莎》的群众，终不免有所怀疑，有所惊惜。

在这个现世纪忙碌的生活中，哪里还能找出三年不窥园、十年成一赋的人？哪里还能找出深通哲学的磨镜匠，或者行乞读书的苦学生？现代科学和道德信条都比从前进步了，哪里还能迷信宗教崇尚侠义？我们固然没有从前人的呆气，可是我们也没有从前人的苦心与热情了。别的不说，就是看《蒙娜丽莎》也只像看破烂朝报了。

科学愈进步，人类征服环境的能力也愈大。征服环境的能力愈大，的确是人生一大幸福。但是它同时也易生流弊。困难日益少，而人类也愈把事情看得太容易，做一件事不免愈轻浮粗率，而艰苦卓绝的成就也便日益稀罕。比方从纽约到巴黎还像从前乘帆船时要经许多时日，冒许多危险，美国人穿过卢浮宫绝不会像他们穿过巴黎香榭丽舍大道一样匆促。我很坚决地相信，如果美国人所谓“效率”（efficiency）以外，还有其他标准可估定人生价值，现代文化至少含有若干危机的。

“效率”以外究竟还有其他估定人生价值的标准吗？要回答这个问题，我们最好拿法国兰斯（Reims）、亚眠（Amiens）各处几个中世纪的大教寺和纽约一座世界最高的钢铁房屋相比较。或者拿一幅湘绣和杭州织锦相比较，便易明白。如只论“效率”，杭州织锦和纽约的钢铁房屋都是一样机械的作品，较之湘绣和越姆大教寺，费力少而效率差不多，总算没有可指摘之点。但是刺湘绣的闺女和建筑中世纪大教寺的工程师在工作时，刺一针线或叠一块砖，都要费若干心血，都有若干热情在后面驱遣，他们的心眼都钉在他们的作品上，这是近代只讲“效率”的工匠们所诧为呆拙的。织锦和钢铁房屋用意只在适用，而湘绣和中世纪建筑于适用以外还要能慰情，还要能为作者力量气魄的结晶，还要能表现理想与希望。假如这几点在人生和文化上自有意义与价值，“效率”绝不是唯一的估定价值的标准，尤其不是最高品的估定价值的标准。最高品估定价值的标准一定要着重人的成分（human element），遇见一种工作不仅估量它的成功如何，还有问它是否由努力得来的，是否为高尚理想与伟大人格之表现。如果它是经过努力而能表现理想与人格的工作，虽然结果失败了，我们也得承认它是有价值的。这个道理布朗宁在 *Rabbi Ben Ezva* 那首诗里说得最精透，我不会翻译，只择几段出来让你自己去玩味：

Not on the vulgar mass
Called "Work", must sentence pass,
Things done, that took the eye and had the price;
O'er which, from level stand,
The low world laid its hand,
Found straight way to its mind, could value in a trice:

But all, the world's coarse thumb
And finger failed to plumb,
So passed in making up the main account;
All instincts immature,
All purposes unsure,
That weighed not as his work, yet swelled the man's amount:

Thoughts hardly to be packed
Into a narrow act,
Fancies that broke through thoughts and escaped:
All I could never be,
All men ignored in me.
This I was worth to God, whose wheel the pitcher shaped.

这几段诗在我生平所给的益处最大。我记得这几句话，所以能惊赞热烈的失败，能欣赏一般人所嗤笑的呆气和空想，能景仰不计成败的艰苦卓绝的努力。

假如我的十二封信对于现代青年能发生毫末的影响，我尤其虔心默祝这封信所宣传的超“效率”的估定价值的标准能印入各个读者的心孔里去；因为我所知道的学生们、学者们和革命家们都太贪容易，太浮浅粗疏，太不能深入，太不能耐苦，太类似美国旅行家看《蒙娜丽莎》了。

你的朋友　孟实

谈人生与我

朋友：

我写了许多信，还没有郑重其事地谈到人生问题，这是一则因为这个问题实在谈滥了，一则也因为我看这个问题并不如一般人看得那样重要。在这最后一封信里我所以提出这个滥题来讨论者，并不是要说出什么一番大道理，不过把我自己平时几种对于人生的态度随便拿来做一次谈料。

我有两种看待人生的方法。在第一种方法里，我把我自己摆在前台，和世界一切人和物在一块玩把戏；在第二种方法里，我把我自己摆在后台，袖手看旁人在那儿装腔作势。

站在前台时，我把我自己看得和旁人一样，不但和旁人一样，并且和鸟兽虫鱼诸物也都一样。人类比其他物类痛苦，就因为人类把自己看得比其他物类重要。人类中有一部分人比其余的人苦痛，就因为这一部分人把自己看得比其余的人重要。比方穿衣吃饭是多么简单的事，然而在这个世界里居然成为一个极重要的问题，就因为有一部分人要亏人自肥。再比方生死，这又是多么简单的事，无量数人和无量数物都已生过来死过去了。一个小虫让车轮压死了，或者一朵鲜花让狂风吹落了，在虫和花自己都绝不值得计较或留恋，而在人类则生老病死以后偏要加上一个苦字。这无非是因为人们希望造物真宰待他们自己应该比草木虫鱼特别优厚。

因为如此着想，我把自己看作草木虫鱼的侪辈，草木虫鱼在和风甘露中是那样活着，在炎暑寒冬中也还是那样活着。像庄子所说，它们“诱然皆生，而不知其所以生；同焉皆得，而不知其所以得”。它们时而戾天跃渊，欣欣向荣；时而含葩敛翅，晏然蛰处，都顺着自然所赋予的那一副本性。它们绝不计较生活应该是如何，绝不追究生活是为着什么，也绝不埋怨上天待它们特薄，把它们供人类宰割凌虐。在它们说，生活自身就是方法，生活自身也就是目的。

从草木虫鱼的生活，我觉得一个经验。我不在生活以外别求生活方法，不在生活以外别求生活目的。世间少我一个，多我一个，或者我时而幸运，时而受灾祸侵逼，我以为这都无伤天地之和。你如果问我，人们应该如何生活才好呢？我说，就顺着自然所给的本性生活着，像草木虫鱼一样。你如果问我，人们生活在这变幻无常的世相中究竟为着什么？我说，生活就是为着生活，别无其他目的。你如果向我埋怨天公说，人生是多么苦恼呵！我说，人们并非生在这个世界来享幸福的，所以那并不算奇怪。

这并不是一种颓废的人生观。你如果说我的话带有颓废的色彩，我请你在春天到百花齐放的园子里去，看看蝴蝶飞，听听鸟儿鸣，然后再回到十字街头，仔细瞧瞧人们的面孔，你看谁是活泼，谁是颓废？请你在冬天积雪凝寒的时候，看看雪压的松树，看看站在冰上的鸥和游在冰下的鱼，然后再回头看看遇苦便叫的那“万物之灵”，你以为谁比较能耐苦持恒呢？

我拿人比禽兽，有人也许目为异端邪说。其实我如果要援引“经典”，称道孔孟以辩护我的见解，也并不是难事。孔子所谓“知命”，孟子所谓“尽性”，庄子所谓“齐物”，宋儒所谓“廓然大公，物来顺应”，和希腊廊下派哲学，我都可以引申成一篇经义文，做我的护身符。然而我觉得这大可不必。我虽不把自己比旁人看得重要，我也不把自己看得比旁人分外低能，如果我的理由是理由，就不用仗先圣先贤的声威。

以上是我站在前台对于人生的态度。但是我平时很欢喜站在后台看人生。许多人把人生看作只有善恶分别的，所以他们的态度不是留恋，就是厌恶。我站在后台时把人和物也一律看待，我看西施、嫫母、秦桧、岳飞也和我看八哥、鹦鹉、甘草、黄连一样，我看匠人盖屋也和我看鸟鹊营巢、蚂蚁打洞一样，我看战争也和我看斗鸡一样，我看恋爱也和我看雄蜻蜓追雌蜻蜓一样。因此，是非善恶对我都无意义，我只觉得对着这些纷纭扰攘的人和物，好比看图画，好比看小说，件件都很有趣味。

这些有趣味的人和物之中自然也有一个分别。有些有趣味，是因为它们带有很浓厚的喜剧成分；有些有趣味，是因为它们带有很深刻的悲剧成分。

我有时看到人生的喜剧。前天遇见一个小外交官，他的上下巴都光光如也，和人说话时却常常用大拇指和食指在腮旁捻一捻，像有胡须似的。他们说道是官气，我看到这种举动比看诙谐画还更有趣味。许多年前一位同事常常很气愤地向人说："如果我是一个女子，我至少已接得一尺厚的求婚书了！"偏偏他不是女子，这已经是喜剧；何况他又麻又丑，纵然他幸而为女子，也绝不会有求婚书的麻烦，而他却以此沾沾自喜，这总算得喜剧之喜剧了。这件事和英国文学家哥尔德斯密斯的一段逸事一样有趣。他有一次陪几个女子在荷兰某一座桥上散步，看见桥上行人个个都注意他同行的女子，而没有一个睬他自己，便板起面孔很气愤地说："哼，在别地方也有人这样看我咧！"如此等类的事，我天天都见得着。在闲静寂寞的时候，我把这一类的小小事件从记忆中召回来，寻思玩味，觉得比抽烟饮茶还更有味。老实说，假如这个世界中没有曹雪芹所描写的刘姥姥，没有吴敬梓所描写的严贡生，没有莫里哀所描写的达尔杜弗和阿尔巴贡，生命更不值得留恋了。我感谢刘姥姥、严贡生一流人物，更甚于我感谢钱塘的潮和匡庐的瀑。

其次，人生的悲剧尤其能使我惊心动魄；许多人因为人生多悲剧而悲观厌世，我却以为人生有价值正因其有悲剧。我在几年前作的《无言之美》里曾说明这个道理，现在引一段来：

> 我们所居的世界是最完美的，就因为它是最不完美的。这话表面看来，不通已极。但是实含有至理。假如世界是完美的，人类所过的生活——比好一点，是神仙的生活，比坏一点，就是猪的生活——便必呆板单调已极，因为倘若件件事都尽美尽善了，自然没有希望发生，更没有努力奋斗的必要。人生最可乐的就是活动所生的感觉，就是奋斗成功而得的快慰。世界既完美，我们如何能尝创造成功的快慰？这个世界之所以美满，就在有缺陷，就在有希望的机会，有想象的田地。换句话说，世界有缺陷，可能性才大。

这个道理李石岑先生在《一般》三卷三号所发表的《缺陷论》里也说得很透辟。悲剧也就是人生一种缺陷。它好比洪涛巨浪，令人在平凡中见出庄严，在黑暗中见出光彩。假如荆轲真正刺中秦始皇，林黛玉真正嫁了贾宝玉，也不过闹个平凡收场，哪得叫千载以后的人唏嘘赞叹？以李太白那样天才，偏要和江淹戏弄笔墨，作了一篇《拟恨赋》，和《上韩荆州书》一样庸俗无味。毛声山评《琵琶记》，说他有意要做“补天石”传奇十种，把古今几件悲剧都改个快活收场，他没有实行，总算是一件幸事。人生本来要有悲剧才能算人生，你偏想把它一笔勾销，不说你勾销不去，就是勾销去了，人生反更索然寡趣。所以我无论站在前台或站在后台时，对于失败，对于罪孽，对于殃咎，都是一副冷眼看待，都是用一个热心惊赞。

朋友，我感谢你费去宝贵的时光读我的这十二封信，如果你不厌倦，将来我也许常常和你通信闲谈，现在让我暂时告别吧！

写过十二封信给你的朋友　孟实

散文精读·朱光潜 >>

谈美

开场话

朋友：

从写十二封信给你之后，我已经歇三年没有和你通消息了。你也许怪我疏懒，也许忘记几年前的一位老友了，但是我仍是时时挂念你。在这几年之内，国内经过许多不幸的事变，刺耳痛心的新闻不断地传到我这里来。听说我的青年朋友之中，有些人已遭惨死，有些人已因天灾人祸而废学，有些人已经拥有高官厚禄或是正在“忙”高官厚禄。这些消息使我比听到日本出兵东三省和轰炸淞沪时更伤心。在这种时候，我总是提心吊胆地念着你。你还是在惨死者之列呢？还是已经由党而官、奔走于大人先生之门而洋洋自得呢？

在这些提心吊胆的时候，我常想写点什么寄慰你。我本有许多话要说而终于缄默到现在者，也并非完全由于疏懒。在我的脑际盘旋的实际问题都很复杂错乱，它们所引起的感想也因而复杂错乱。现在青年不应该再有复杂错乱的心境了。他们所需要的不是一盆八宝饭而是一帖清凉散。想来想去，我决定来和你谈美。

谈美！这话太突如其来了！在这个危急存亡的年头，我还有心肝来“谈风月”么？是的，我现在谈美，正因为时机实在是太紧迫了。朋友，你知道，我是一个旧时代的人，流落在这纷纭扰攘的新时代里面，虽然也出过一番力来领略新时代的思想和情趣，仍然不免抱有许多旧时代的信仰。我坚信中国社会闹得如此之糟，不完全是制度的问题，是大半由于人心太坏。我坚信情感比理智重要，要洗刷人心，并非几句道德家言所可了事，一定要从“怡情养性”做起，一定要于饱食暖衣、高官厚禄等之外，别有较高尚、较纯洁的企求。要求人心净化，先要求人生美化。

人要有出世的精神才可以做入世的事业。现世只是一个密密无缝的“利害”网，一般人不能跳脱这个圈套，所以转来转去，仍是被“利害”两个大字系住。在利害关系方面，人已最不容易调协，人人都把自己放在首位，欺诈、凌虐、劫夺种种罪孽都种根于此。美感的世界纯粹是意象世界，超乎利害关系而独立。在创造或是欣赏艺术时，人都是从有利害关系的实用世界搬家到绝无利害关系的理想世界里去。艺术的活动是“无所为而为”的。我以为无论是讲学问或是做事业的人都要抱有一副“无所为而为”的精神，把自己所做的学问事业当作一件艺术品看待，只求满足理想和情趣，不斤斤计较于利害得失，才可以有一番真正的成就。伟大的事业都出于宏远的眼界和豁达的胸襟。如果这两层不讲究，社会上多一个讲政治经济的人，便是多一个借党忙官的人；这种人愈多，社会愈趋于腐浊。现在一般借党忙官的政治学者和经济学者以及冒牌的哲学家和科学家所给人的印象只要一句话就说尽了——“俗不可耐”。

人心之坏，由于“未能免俗”。什么叫作“俗”？这无非是像蛆钻粪似的求温饱，不能以“无所为而为”的精神作高尚纯洁的企求。总而言之，“俗”无非是缺乏美感的修养。

在这封信里我只有一个很单纯的目的，就是研究如何“免俗”。这事本来关系各人的性分，不易以言语晓谕，我自己也还是一个“未能免俗”的人，但是我时常领略到能免俗的趣味，这大半是在玩味一首诗、一幅画或是一片自然风景的时候。我能领略到这种趣味，自信颇得力于美学的研究。在这封信里我就想把这一点心得介绍给你。假若你看过之后，看到一首诗、一幅画或是一片自然风景的时候，比较从前感觉到较浓厚的趣味，懂得像什么样的经验才是美感的，然后再以美感的态度推到人生世相方面去，我的心愿就算达到了。

在写这封信之前，我曾经费过一年的光阴写了一部《文艺心理学》。这里所说的话大半在那里已经说过，我何必又多此一举呢？在那部书里我向专门研究美学的人说话，免不了引经据典，带有几分掉书囊的气味；在这里我只是向一位亲密的朋友随便谈谈，竭力求明白晓畅。在写《文艺心理学》时，我要先看几十部书才敢下笔写一章；在写这封信时，我和平时写信给我的弟弟妹妹一样，面前一张纸，手里一管笔，想到什么便写什么，什么书也不去翻看，我所说的话都是你所能了解的，但是我不敢勉强要你全盘接收。这是一条思路，你应该趁着这条路自己去想。一切事物都有几种看法，我所说的只是一种看法，你不妨有你自己的看法。我希望你把你自己所想到的写一封回信给我。

我们对于一棵古松的三种态度

——实用的、科学的、美感的

我刚才说，一切事物都有几种看法。你说一件事物是美的或是丑的，这也只是一种看法。换一个看法，你说它是真的或是假的；再换一种看法，你说它是善的或是恶的。同是一件事物，看法有多种，所看出来的现象也就有多种。

比如园里那一棵古松，无论是你是我或是任何人一看到它，都说它是古松。但是你从正面看，我从侧面看，你以幼年人的心境去看，我以中年人的心境去看，这些情境和性格的差异都能影响到所看到的古松的面目。古松虽只是一件事物，你所看到的和我所看到的古松却是两件事。假如你和我各把所得的古松的印象画成一幅画或是写成一首诗，我们俩艺术手腕尽管不分上下，你的诗和画与我的诗和画相比较，却有许多重要的异点。这是什么缘故呢？这就由于知觉不完全是客观的，各人所见到的物的形象都带有几分主观的色彩。

假如你是一位木商，我是一位植物学家，另外一位朋友是画家，三人同时来看这棵古松。我们三人可以说同时都“知觉”到这一棵树，可是三人所“知觉”到的却是三种不同的东西。你脱离不了你的木商的心习，你所知觉到的只是一棵做某事用值几多钱的木料。我也脱离不了我的植物学家的心习，我所知觉到的只是一棵叶为针状、果为球状、四季常青的显花植物。我们的朋友——画家——什么事都不管，只管审美，他所知觉到的只是一棵苍翠劲拔的古树。我们三人的反应态度也不一致。你心里盘算它是宜于架屋或是制器，思量怎样去买它，砍它，运它。我把它归到某类某科里去，注意它和其他松树的异点，思量它何以活得这样老。我们的朋友却不这样东想西想，他只在聚精会神地观赏它的苍翠的颜色，它的盘屈如龙蛇的线纹以及它的昂然高举、不受屈挠的气概。

从此可知这棵古松并不是一件固定的东西，它的形象随观者的性格和情趣而变化。各人所见到的古松的形象都是各人自己性格和情趣的返照。古松的形象一半是天生的，一半也是人为的。极平常的知觉都带有几分创造性，极客观的东西之中都有几分主观的成分。

美也是如此。有审美的眼睛才能见到美。这棵古松对于我们的画画的朋友是美的，因为他去看它时就抱了美感的态度。你和我如果也想见到它的美，你须得把你那种木商的实用的态度丢开，我须得把植物学家的科学的态度丢开，专持美感的态度去看它。

这三种态度有什么分别呢?

先说实用的态度。做人的第一件大事就是维持生活。既要生活，就要讲究如何利用环境。“环境”包含我自己以外的一切人和物在内，这些人和物有些对于我的生活有益，有些对于我的生活有害，有些对于我不关痛痒。我对于他们于是有爱恶的情感，有趋就或逃避的意志和活动。这就是实用的态度。实用的态度起于实用的知觉，实用的知觉起于经验。小孩子初出世，第一次遇见火就伸手去抓，被它烧痛了，以后他再遇见火，便认识它是什么东西，便明了它是烧痛手指的，火对于他于是有意义。事物本来都是很混乱的，人为便利实用起见，才像被火烧过的小孩子根据经验把四围事物分类立名，说天天吃的东西叫作“饭”，天天穿的东西叫作“衣”，某种人是朋友，某种人是仇敌，于是事物才有所谓“意义”。意义大半都起于实用。在许多人看来，衣除了是穿的，饭除了是吃的，女人除了是生小孩的一类意义之外，便寻不出其他意义。所谓“知觉”，就是感官接触某种人或物时心里明了他的意义。明了他的意义起初都只是明了他的实用。明了实用之后，才可以对他起反应动作，或是爱他，或是恶他，或是求他，或是拒他。木商看古松的态度便是如此。

科学的态度则不然。它纯粹是客观的，理论的。所谓客观的态度就是把自己的成见和情感完全丢开，专以“无所为而为”的精神去探求真理。理论是和实用相对的。理论本来可以见诸实用，但是科学家的直接目的却不在于实用。科学家见到一个美人，不说我要去向她求婚，她可以替我生儿子，只说我看她这人很有趣味，我要来研究她的生理构造，分析她的心理组织。科学家见到一堆粪，不说它的气味太坏，我要掩鼻走开，只说这堆粪是一个病人排泄的，我要分析它的化学成分，看看有没有病菌在里面。科学家自然也有见到美人就求婚、见到粪就掩鼻走开的时候，但是那时候他已经由科学家还到实际人的地位了。科学的态度之中很少有情感和意志，它的最重要的心理活动是抽象的思考。科学家要在这个混乱的世界中寻出事物的关系和条理，纳个物于概念，从原理演个例，分出某者为因，某者为果，某者为特征，某者为偶然性。植物学家看古松的态度便是如此。

木商由古松而想到架屋、制器、赚钱等，植物学家由古松而想到根茎花叶、日光水分等，他们的意识都不能停止在古松本身上面。不过把古松当作一块踏脚石，由它跳到和它有关系的种种事物上面去。所以在实用的态度中和科学的态度中，所得到的事物的意象都不是独立的、绝缘的，观者的注意力都不是专注在所观事物本身上面的。注意力的集中，意象的孤立绝缘，便是美感的态度的最大特点。比如我们的画画的朋友看古松，他把全副精神都注在松的本身上面，古松对于他便成了一个独立自足的世界。他忘记他的妻子在家里等柴烧饭，他忘记松树在植物教科书里叫作显花植物，总而言之，古松完全占领住他的意识，古松以外的世界他都视而不见、听而不闻了。他只把古松摆在心眼面前当作一幅画去玩味。他不计较实用，所以心中没有意志和欲念；他不推求关系、条理、因果等，所以不用抽象的思考。这种脱净了意志和抽象思考的心理活动叫作“直觉”，直觉所见到的孤立绝缘的意象叫作“形象”。美感经验就是形象的直觉，美就是事物呈现形象于直觉时的特质。

实用的态度以善为最高目的，科学的态度以真为最高目的，美感的态度以美为最高目的。在实用态度中，我们的注意力偏在事物对于人的利害，心理活动偏重意志；在科学的态度中，我们的注意力偏在事物间的互相关系，心理活动偏重抽象的思考；在美感的态度中，我们的注意力专在事物本身的形象，心理活动偏重直觉。真善美都是人所定的价值，不是事物所本有的特质。离开人的观点而言，事物都混然无别，善恶、真伪、美丑就漫无意义。真善美都含有若干主观的成分。

就“用”字的狭义说，美是最没有用处的。科学家的目的虽只在辨别真伪，他所得的结果却可效用于人类社会。美的事物如诗文、图画、雕刻、音乐等都是寒不可以为衣，饥不可以为食的。从实用的观点看，许多艺术家都是太不切实用的人物。然则我们又何必来讲美呢？人性本来是多方的，需要也是多方的。真善美三者俱备才可以算是完全的人。人性中本有饮食欲，渴而无所饮，饥而无所食，固然是一种缺乏；人性中本有求知欲而没有科学的活动，本有美的嗜好而没有美感的活动，也未始不是一种缺乏。真和美的需要也是人生中的一种饥渴——精神上的饥渴。疾病衰老的身体才没有口腹的饥渴。同理，你遇到一个没有精神上的饥渴的人或民族，你可以断定他的心灵已到了疾病衰老的状态。

人所以异于其他动物的就是于饮食男女之外还有更高尚的企求，美就是其中之一。是壶就可以贮茶，何必又求它形式、花样、颜色都要好看呢？吃饱了饭就可以睡觉，何必又呕心血去作诗、画画、奏乐呢？“生命”是与“活动”同义的，活动愈自由，生命也就愈有意义。人的实用的活动全是有所为而为，是受环境需要限制的；人的美感的活动全是无所为而为，是环境不需要他活动而他自己愿意去活动的。在有所为而为的活动中，人是环境需要的奴隶；在无所为而为的活动中，人是自己心灵的主宰。这是单就人说，就物说呢，在实用的和科学的世界中，事物都借着和其他事物发生关系而得到意义，到了孤立绝缘时就都没有意义；但是在美感世界中它却能孤立绝缘，却能在本身现出价值。照这样看，我们可以说，美是事物的最有价值的一面，美感的经验是人生中最有价值的一面。

许多轰轰烈烈的英雄和美人都过去了，许多轰轰烈烈的成功和失败也都过去了，只有艺术作品真正是不朽的。数千年前的《卷耳》和《孔雀东南飞》的作者还能在我们心里点燃很强烈的火焰，虽然在当时他们不过是大皇帝脚下的不知名的小百姓。秦始皇并吞六国，统一车书；曹孟德带八十万人马下江东，舳舻千里，旌旗蔽空，这些惊心动魄的成败对于你有什么意义？对于我有什么意义？但是长城和《短歌行》对于我们还是很亲切的，还可以使我们心领神会这些骸骨不存的精神气魄。这几段墙在，这几句诗在，他们永远对于人是亲切的。由此例推，在几千年或是几万年以后看现在纷纷扰扰的“帝国主义”“反帝国主义”“主席”“代表”“电影明星”之类对于人有什么意义？我们这个时代是否也有类似长城和《短歌行》的纪念坊留给后人，让他们觉得我们也还是很亲切的么？悠悠的过去只是一片漆黑的天空，我们所以还能认识出来这漆黑的天空者，全赖思想家和艺术家所散布的几点星光。朋友，让我们珍重这几点星光！让我们也努力散布几点星光去照耀那和过去一般漆黑的未来！

子非鱼，安知鱼之乐

——宇宙的人情化

庄子与惠子游于濠梁之上。

庄子曰："倏鱼出游从容，是鱼乐也！"

惠子曰："子非鱼，安知鱼之乐？"

庄子曰："子非我，安知我不知鱼之乐？"

这是《庄子·秋水》篇里的一段故事，是你平时所欢喜玩味的。我现在借这段故事来说明美感经验中的一个极有趣味的道理。

我们通常都有"以己度人"的脾气，因为有这个脾气，对于自己以外的人和物才能了解。严格地说，各个人都只能直接地了解他自己，都只能知道自己处某种境地，有某种知觉，生某种情感。至于知道旁人旁物处某种境地、有某种知觉、生某种情感时，则是凭自己的经验推测出来的。比如我知道自己在笑时心里欢喜，在哭时心里悲痛，看到旁人笑也就以为他心里欢喜，看见旁人哭也以为他心里悲痛。我知道旁人旁物的知觉和情感如何，都是拿自己的知觉和情感来比拟的。我只知道自己，我知道旁人旁物时是把旁人旁物看成自己，或是把自己推到旁人旁物的地位。庄子看到倏鱼“出游从容”便觉得它乐，因为他自己对于“出游从容”的滋味是有经验的。人与人，人与物，都有共同之点，所以他们都有互相感通之点。假如庄子不是鱼就无从知鱼之乐，每个人就要各成孤立世界，和其他人物都隔着一层密不通风的墙壁，人与人以及人与物之间便无心灵交通的可能了。

这种“推己及物”“设身处地”的心理活动不尽是有意的，出于理智的，所以它往往发生幻觉。鱼没有反省的意识，是否能够像人一样“乐”，这种问题大概在庄子时代的动物心理学也还没有解决，而庄子硬拿“乐”字来形容鱼的心境，其实不过把他自己的“乐”的心境外射到鱼的身上罢了，他的话未必有科学的谨严与精确。我们知觉外物，常把自己所得的感觉外射到物的本身上去，把它误认为物所固有的属性，于是本来在我的就变成在物的了。比如我们说“花是红的”时，是把红看作花所固有的属性，好像是以为纵使没有人去知觉它，它也还是在那里。其实花本身只有使人觉到红的可能性，至于红却是视觉的结果。红是长度为若干的光波射到眼球网膜上所生的印象。如果光波长一点或是短一点，眼球网膜的构造换一个样子，红的色觉便不会发生。患色盲的人根本就不能辨别红色，就是眼睛健全的人在薄暮光线暗淡时也不能把红色和绿色分得清楚，从此可知，严格地说，我们只能说“我觉得花是红的”。我们通常都把“我觉得”三字略去而直说“花是红的”，于是在我的感觉遂被误认为在物的属性了。日常对于外物的知觉都可作如是观。“天气冷”其实只是“我觉得天气冷”，鱼也许和我不一致；“石头太沉重”其实只是“我觉得它太沉重”，大力士或许还嫌它太轻。

云何尝能飞？泉何尝能跃？我们却常说云飞泉跃；山何尝能鸣？谷何尝能应？我们却常说山鸣谷应。在说云飞泉跃、山鸣谷应时，我们比说花红石头重，又更进一层了。原来我们只把在我的感觉误认为在物的属性，现在我们却把无生气的东西看成有生气的东西，把它们看作我们的侪辈，觉得它们也有性格，也有情感，也能活动。这两种说话的方法虽不同，道理却是一样，都是根据自己的经验来了解外物。这种心理活动通常叫作“移情作用”。

“移情作用”是把自己的情感移到外物身上去，仿佛觉得外物也有同样的情感。这是一个极普遍的经验。自己在欢喜时，大地山河都在扬眉带笑；自己在悲伤时，风云花鸟都在叹气凝愁。惜别时蜡烛可以垂泪，兴到时青山亦觉点头。柳絮有时“轻狂”，晚峰有时“清苦”。陶渊明何以爱菊呢？因为他在傲霜残枝中见出孤臣的劲节；林和靖何以爱梅呢？因为他在暗香疏影中见出隐者的高标。

从这几个实例看，我们可以看出移情作用是和美感经验有密切关系的。移情作用不一定就是美感经验，而美感经验却常含有移情作用。美感经验中的移情作用不单是由我及物的，同时也是由物及我的；它不仅把我的性格和情感移注于物，同时也把物的姿态吸收于我。所谓美感经验，其实不过是在聚精会神之中，我的情趣和物的情趣往复回流而已。

姑先说欣赏自然美。比如我在观赏一棵古松，我的心境是什么样状态呢？我的注意力完全集中在古松本身的形象上，我的意识之中除了古松的意象之外，一无所有。在这个时候，我的实用的意志和科学的思考都完全失其作用，我没有心思去分辨我是我而古松是古松。古松的形象引起清风亮节的类似联想，我心中便隐约觉到清风亮节所常伴着的情感。因为我忘记古松和我是两件事，我就于无意之中把这种清风亮节的气概移置到古松上面去，仿佛古松原来就有这种性格。同时我又不知不觉地受古松的这种性格影响，自己也振作起来，模仿它那一副苍老劲拔的姿态。所以古松俨然变成一个人，人也俨然变成一棵古松。真正的美感经验都是如此，都要达到物我同一的境界，在物我同一的境界中，移情作用最容易发生，因为我们根本就不分辨所生的情感到底是属于我还是属于物的。

再说欣赏艺术美，比如说听音乐。我们常觉得某种乐调快活，某种乐调悲伤。乐调自身本来只有高低、长短、急缓、宏纤的分别，而不能有快乐和悲伤的分别。换句话说，乐调只能有物理而不能有人情。我们何以觉得这本来只有物理的东西居然有人情呢？这也是由于移情作用。这里的移情作用是如何起来的呢？音乐的命脉在节奏。节奏就是长短、高低、急缓、宏纤相继承的关系。这些关系前后不同，听者所费的心力和所用的心的活动也不一致。因此听者心中自起一种节奏和音乐的节奏相平行。听一曲高而缓的调子，心力也随之作一种高而缓的活动；听一曲低而急的调子，心力也随之作一种低而急的活动。这种高而缓或是低而急的心力活动，常蔓延浸润到全部心境，使它变成和高而缓的活动或是低而急的活动相同调，于是听者心中遂感觉一种欢欣鼓舞或是抑郁凄恻的情调。这种情调本来属于听者，在聚精会神之中，他把这种情调外射出去，于是音乐也就有快乐和悲伤的分别了。

再比如说书法。书法在中国向来自成艺术，和图画有同等的身份，近来才有人怀疑它是否可以列于艺术，这般人大概是看到西方艺术史中向来不留位置给书法，所以觉得中国人看重书法有些离奇。其实书法可列于艺术，是无可置疑的。它可以表现性格和情趣。颜鲁公的字就像颜鲁公，赵孟頫的字就像赵孟頫。所以字也可以说是抒情的，不但是抒情的，而且是可以引起移情作用的。横直钩点等笔画原来是墨涂的痕迹，它们不是高人雅士，原来没有什么“骨力”“姿态”“神韵”和“气魄”。但是在名家书法中我们常觉到“骨力”“姿态”“神韵”和“气魄”。我们说柳公权的字“劲拔”，赵孟頫的字“秀媚”，这都是把墨涂的痕迹看作有生气有性格的东西，都是把字在心中所引起的意象移到字的本身上面去。

移情作用往往带有无意的模仿。我在看颜鲁公的字时，仿佛对着巍峨的高峰，不知不觉地耸肩聚眉，全身的筋肉都紧张起来，模仿它的严肃；我在看赵孟頫的字时，仿佛对着临风荡漾的柳条，不知不觉地展颐摆腰，全身的筋肉都松懈起来，模仿它的秀媚。从心理学看，这本来不是奇事。凡是观念都有实现于运动的倾向。念到跳舞时脚往往不自主地跳动，念到“山”字时口舌往往不由自主地说出“山”字。通常观念往往不能实现于动作者，由于同时有反对的观念阻止它。同时念到打球又念到泅水，则既不能打球，又不能泅水。如果心中只有一个观念，没有旁的观念和它对敌，则它常自动地现于运动。聚精会神看赛跑时，自己也往往不知不觉地弯起胳膊动起脚来，便是一个好例。在美感经验之中，注意力都是集中在一个意象上面，所以极容易起模仿的运动。

移情的现象可以称之为“宇宙的人情化”，因为有移情作用，然后本来只有物理的东西可具人情，本来无生气的东西可有生气。从理智观点看，移情作用是一种错觉，是一种迷信。但是如果把它勾销，不但艺术无由产生，即宗教也无由出现。艺术和宗教都是把宇宙加以生气化和人情化，把人和物的距离以及人和神的距离都缩小。它们都带有若干神秘主义的色彩。所谓神秘主义其实并没有什么神秘，不过是在寻常事物之中见出不寻常的意义。这仍然是移情作用。从一草一木之中见出生气和人情以至于极玄奥的泛神主义，深浅程度虽有不同，道理却是一样。

美感经验既是人的情趣和物的姿态的往复回流，我们可以从这个前提中抽出两个结论来：

一、物的形象是人的情趣的返照。物的意蕴深浅和人的性分密切相关。深人所见于物者亦深，浅人所见于物者亦浅。比如一朵含露的花，在这个人看来只是一朵平常的花，在那个人看或以为它含泪凝愁，在另一个人看或以为它能象征人生和宇宙的妙谛。一朵花如此，一切事物也是如此。因我把自己的意蕴和情趣移于物，物才能呈现我所见到的形象。我们可以说，各人的世界都由各人的自我伸张而成。欣赏中都含有几分创造性。

二、人不但移情于物，还要吸收物的姿态于自我，还要不知不觉地模仿物的形象。所以美感经验的直接目的虽不在陶冶性情，而却有陶冶性情的功效。心里印着美的意象，常受美的意象浸润，自然也可以少存些浊念。苏东坡诗说："宁可食无肉，不可居无竹；无肉令人瘦，无竹令人俗。"竹不过是美的形象之一种，一切美的事物都有不令人俗的功效。

依样画葫芦

——写实主义和理想主义的错误

从美学观点看，“自然美”虽是一个自相矛盾的名词，但是通常说“自然美”时所用的“美”字却另有一种意义，和说“艺术美”时所用的“美”字不应该混为一事，这个分别非常重要，我们须把它剖析清楚。

自然本来混整无别，许多分别都是从人的观点看出来的。离开人的观点而言，自然本无所谓真伪，真伪是科学家所分别出来以便利思想的；自然本无所谓善恶，善恶是伦理学家所分别出来以规范人类生活的。同理，离开人的观点而言，自然也本无所谓美丑，美丑是观赏者凭自己的性分和情趣见出来的。自然界唯一无二的固有的分别，只是常态与变态的分别。通常所谓“自然美”就是指事物的常态，所谓“自然丑”就是指事物的变态。

举个例来说，比如我们说某人的鼻子生得美，它大概应该像什么样子呢？太大的、太小的、太高的、太低的、太肥的、太瘦的鼻子都不能算得美。美的鼻子一定大小肥瘦高低件件都合式。我们说它不太高，说它件件都合式，这就是承认鼻子的大小高低等原来有一个标准。这个标准是如何定出来的呢？你如果仔细研究，就可以发现它是取决多数，像选举投票一样。如果一百人之中有过半数的鼻子是一寸高，一寸就成了鼻高的标准。不及一寸高的鼻子就使人嫌它太低，超过一寸高的鼻子就使人嫌它太高。鼻子通常都是从上面逐渐高到下面来，所以称赞生得美的鼻子，我们往往说它“如悬胆”。如果鼻子上下都是一样粗细，像腊肠一样，或是鼻孔朝天露出，那就太稀奇古怪了，稀奇古怪便是变态。通常人说一件事丑，其实不过是因为它稀奇古怪。

照这样说，世间美鼻子应该多于丑鼻子，何以实际上不然呢？自然美的难，难在件件都合式。高低合式的大小或不合式，大小合式的肥瘦或不合式。所谓“式”就是标准，就是常态，就是最普遍的性质。自然美为许多最普遍的性质之总和。就每个独立的性质说，它是最普遍的；但是就总和说，它却不可多得，所以成为理想，为人称美。

一切自然事物的美丑都可以作如是观。宋玉形容一个美人说：

天下之佳人莫若楚国，楚国之丽者莫若臣里，臣里之美者莫若臣东家之子。东家之子增之一分则太长，减之

一分则太短，著粉则太白，施朱则太赤。

照这样说，美人的美就在安不上“太”字，一安上“太”字就不免有些丑了。“太”就是超过常态，就是稀奇古怪。

人物都以常态为美。健全是人体的常态，耳聋、口吃、面麻、颈肿、背驼，足跛，都不是常态，所以都使人觉得丑。一般生物的常态是生气蓬勃，活泼灵巧。所以就自然美而论，猪不如狗，龟不如蛇，樗不如柳，老年人不如少年人。非生物也是如此。山的常态是巍峨，所以巍峨最易显出山的美；水的常态是浩荡明媚，所以浩荡明媚最易显出水的美。同理，花宜清香，月宜皎洁，春风宜温和，秋雨宜凄厉。

通常所谓“自然美”和“自然丑”，分析起来，意义不过如此。艺术上所谓美丑，意义是否相同呢？

一般人大半以为自然美和艺术美的对象和成因虽不同，而其为美则一。自然丑和艺术丑也是如此。这个普遍的误解酿成艺术史上两种表面相反而实在都是错误的主张，一是写实主义，一是理想主义。

写实主义是自然主义的后裔。自然主义起于法国人卢梭。他以为上帝经手创造的东西，本来都是尽善尽美，人伸手进去搅扰，于是它们才被弄糟。人工造作，无论如何精巧，终比不上自然。自然既本来就美，艺术家最聪明的办法就是模仿它。在英国人罗斯金看，艺术原来就是从模仿自然起来的。人类本来住在露天的树林中，后来他们建筑房屋，仍然是以树林和天空为模型。建筑如此，其他艺术亦然。人工不敌自然，所以用人工去模仿自然时，最忌讳凭己意选择去取。罗斯金说：

> 纯粹主义者拣选精粉，感官主义者杂取秕糠，至于自然主义者则兼容并包，是粉就拿来制饼，是草就取来塞床。

这段话后来变成写实派的信条。写实主义最盛于19世纪后半叶的法国，尤其是在小说方面。左拉是大家公认的代表。所谓写实主义就是完全照实在描写，愈像愈妙。比如描写一个酒店就要活像一个酒店，描写一个妓女就要活像一个妓女。既然是要像，就不能不详尽精确，所以写实派作者欢喜到实地搜集“凭据”，把它们很仔细地写在笔记簿上，然后把它们整理一番，就成了作品。他们写一间房屋时至少也要用三五页的篇幅，才肯放松它。

这种艺术观的难点甚多，最显著的有两端。第一，艺术的最高目的既然只在模仿自然，自然本身既已美了，又何必有艺术呢？如果妙肖自然，是艺术家的唯一能事，则寻常照相家的本领都比吴道子、唐六如高明了。第二，美丑是相对的名词，有丑然后才显得出美。如果你以为自然全体都是美，你看自然时便没有美丑的标准，便否认有美丑的比较，连“自然美”这个名词也没有意义了。

理想主义有见于此。依它说，自然中有美有丑，艺术只模仿自然的美，丑的东西应丢开。美的东西之中又有些性质是重要的，有些性质是琐屑的，艺术家只选择重要的，琐屑的应丢开。这种理想主义和古典主义通常携手并行。古典主义最重“类型”，所谓“类型”就是全类事物的模子。一件事物可以代表一切其他同类事物时就可以说是类型。比如说画马，你不应该画得只像这匹马或是只像那匹马，你该画得像一切马，使每个人见到你的画都觉得他所知道的马恰是像那种模样。要画得像一切马，就须把马的特征、马的普遍性画出来，至于这匹马或那匹马所特有的个性则“琐屑”不足道。假如你选择某一匹马来做模型，它一定也要富于代表性。这就是古典派的类型主义。从此可知类型就是我们在上文所说的事物的常态，就是一般人的“自然美”。

这种理想主义似乎很能邀信任常识者的同情，但是它和近代艺术思潮颇多冲突。艺术不像哲学，它的生命全在具体的形象，最忌讳的是抽象化。凡是一个模样能套上一切人物时就不能适合于任何人，好比衣帽一样。古典派的类型有如几何学中的公理，虽然应用范围很广泛，却不能引起观者的切身的情趣。许多人所公有的性质，在古典派看，虽是精深，而在近代人看，却极平凡、粗浅。近代艺术所搜求的不是类型而是个性，不是彰明较著的色彩而是毫厘之差的阴影。直鼻子、横眼睛是古典派所谓类型。如果画家只能够把鼻子画直，眼睛画横，结果就难免千篇一律，毫无趣味。他应该能够把这个直鼻子所以异于其他直鼻子的，这个横眼睛所以异于其他横眼睛的地方表现出来，才算是有独到的功夫。

在表面上看，理想主义和写实主义似乎相反，其实它们的基本主张是相同的，它们都承认自然中本来就有所谓美，它们都以为艺术的任务在模仿，艺术美就是从自然美模仿得来的。它们的艺术主张都可以称为“依样画葫芦”的主义。它们所不同者，写实派以为美在自然全体，只要是葫芦，都可以拿来作画的模型；理想派则以为美在类型，画家应该选择一个最富于代表性的葫芦。严格地说，理想主义只是一种精练的写实主义，以理想派攻击写实派，不过是以五十步笑百步罢了。

艺术对于自然，是否应该持“依样画葫芦”的态度呢？艺术美是否从模仿自然美得来的呢？要回答这个问题，我们应该注意到两件事实：

一、自然美可以化为艺术丑。长在藤子上的葫芦本来很好看，如果你的手艺不高明，画在纸上的葫芦就不很雅观。许多香烟牌和月份牌上面的美人画就是如此，以人而论，面孔倒还端正，眉目倒还清秀；以画而论，则往往恶劣不堪。毛延寿有心要害王昭君，才把她画丑。世间有多少王昭君都被有善意而无艺术手腕的毛延寿糟蹋了。

二、自然丑也可以化为艺术美。本来是一个很丑的葫芦，经过大画家点铁成金的手腕，往往可以成为杰作。大醉大饱之后睡在床上放屁的乡下老太婆未必有什么风韵，但是我们谁不高兴看醉卧怡红院的刘姥姥？从前艺术家大半都怕用丑材料，近来艺术家才知道融自然丑于艺术美，可以使美者更见其美。荷兰画家伦勃朗欢喜画老朽人物，法国文学家波德莱尔欢喜拿死尸一类的事物作诗题，雕刻家罗丹和爱朴斯丹也常用在自然中为丑的人物，都是最显著的例子。

这两件事实所证明的是什么呢？

一、艺术的美丑和自然的美丑是两件事。

二、艺术的美不是从模仿自然美得来的。

从这两点看，写实主义和理想主义都是一样错误，它们的主张恰与这两层道理相反。要明白艺术的真性质，先要推翻它们的“依样画葫芦”的办法，无论这个葫芦是经过选择，或是没有经过选择。

我们说“艺术美”时，“美”字只有一个意义，就是事物现形象于直觉的一个特点。事物如果要能现形象于直觉，它的外形和实质必须融合成一气，它的姿态必可以和人的情趣交感共鸣。这种“美”都是创造出来的，不是天生自在俯拾即是的，它都是“抒情的表现”。我们说“自然美”时，“美”字有两种意义。第一种意义的“美”就是上文所说的常态，例如背通常是直的，直背美于驼背。第二种意义的“美”其实就是艺术美。我们在欣赏一片山水而觉其美时，就已经把自己的情趣外射到山水里去，就已把自然加以人情化和艺术化了。所以有人说：“一片自然风景就是一种心境。”一般人的错误在只知道第一种意义的自然美，以为艺术美和第二种意义的自然美原来也不过如此。

法国画家德腊库瓦说得好：“自然只是一部字典而不是一部书。”人人尽管都有一部字典在手边，可是用这部字典中的字来作出诗文，则全凭各人的情趣和才学。作得好诗文的人都不能说是模仿字典。说自然本来就美（“美”字用“艺术美”的意义）者也有如说字典中原来就有《陶渊明集》和《红楼梦》一类作品在内。这显然是很荒谬的。

读书破万卷，下笔如有神

——天才与灵感

知道格律和模仿对于创造的关系，我们就可以知道天才和人力的关系了。

生来死去的人何只恒河沙数？真正的大诗人和大艺术家是在一口气里就可以数得完的。何以同是人，有的能创造，有的不能创造呢？在一般人看，这全是由于天才的厚薄。他们以为艺术全是天才的表现，于是天才成为懒人的借口。聪明人说，我有天才，有天才何事不可为？用不着去下功夫。迟钝人说，我没有艺术的天才，就是下功夫也无益。于是艺术方面就无学问可谈了。

“天才”究竟是怎么一回事呢？

它自然有一部分得诸遗传。有许多学者常欢喜替大创造家和大发明家理家谱，说莫扎特有几代祖宗会音乐，达尔文的祖父也是生物学家，曹操一家出了几个诗人。这种证据固然有相当的价值，但是它绝不能完全解释天才。同父母的兄弟贤愚往往相差很远。曹操的祖宗有什么大成就呢？曹操的后裔又有什么大成就呢？

天才自然也有一部分成于环境。假令莫扎特生在音阶简单、乐器拙陋的野蛮民族中，也绝不能做出许多复音的交响曲。“社会的遗产”是不可蔑视的。文艺批评家常欢喜说，伟大的人物都是他们的时代的骄子，艺术是时代和环境的产品。这话也有不尽然。同是一个时代而成就却往往不同。英国在产生莎士比亚的时代和西班牙是一般隆盛，而当时西班牙并没有产生伟大的作者。伟大的时代不一定能产生伟大的艺术。美国的独立、法国的大革命在近代都是极重大的事件，而当时艺术却卑卑不足高论。伟大的艺术也不必有伟大的时代做背景，席勒和歌德的时代，德国还是一个没有统一的纷乱的国家。

我承认遗传和环境的影响非常大，但是我相信它们都不能完全解释天才。在固定的遗传和环境之下，个人还有努力的余地。遗传和环境对于人只是一个机会，一种本钱，至于能否利用这个机会，能否拿这笔本钱去做出生意来，则所谓“神而明之，存乎其人”。有些人天资颇高而成就则平凡，他们好比有大本钱而没有做出大生意；也有些人天资并不特异而成就则斐然可观，他们好比拿小本钱而做出大生意。这中间的差别就在努力与不努力了。牛顿可以说是科学家中一个天才了，他常常说：“天才只是长久的耐苦。”这话虽似稍嫌过火，却含有很深的真理。只有死功夫固然不尽能发明或创造，但是能发明创造者却大半是下过死功夫来的。哲学中的康德、科学中的牛顿、雕刻图画中的米开朗琪罗、音乐中的贝多芬、书法中的王羲之、诗中的杜工部，这些实例已经够证明人力的重要，又何必多举呢?

最容易显出天才的地方是灵感。我们只须就灵感研究一番，就可以见出天才的完成不可无人力了。

杜工部尝自道经验说："读书破万卷，下笔如有神。"所谓"灵感"就是杜工部所说的"神"，"读书破万卷"是功夫，"下笔如有神"是灵感。据杜工部的经验看，灵感是从功夫出来的。如果我们借心理学的帮助来分析灵感，也可以得到同样的结论。

灵感有三个特征：

一、它是突如其来的，出于作者自己意料之外的。根据灵感的作品大半来得极快。从表面看，我们寻不出预备的痕迹。作者丝毫不费心血，意象涌上心头时，他只要信笔疾书。有时作品已经创造成功了，他自己才知道无意中又成了一件作品。歌德著《少年维特之烦恼》的经过，便是如此。据他自己说，他有一天听到一位少年失恋自杀的消息，突然间仿佛见到一道光在眼前闪过，立刻就想出全书的间架构。他费两个星期的工夫一口气把它写成。在复看原稿时，他自己很惊讶，没有费力就写成一本书，告诉人说："这部小册子好像是一个患睡行症者在梦中作成的。"

二、它是不由自主的，有时苦心搜索而不能得的偶然在无意之中涌上心头。希望它来时它偏不来，不希望它来时它却蓦然出现。法国音乐家柏辽兹有一次替一首诗作乐谱，全诗都谱成了，只有收尾一句（“可怜的士兵，我终于要再见法兰西！”）无法可谱。他再三思索，不能想出一段乐调来传达这句诗的情思，终于把它搁起。两年之后，他到罗马去玩，失足落水，爬起来时口里所唱的乐调，恰是两年前所再三思索而不能得的。

三、它也是突如其去的，练习作诗文的人大半都知道“败兴”的味道。“兴”也就是灵感。诗文和一切艺术一样都宜于乘兴会来时下手。兴会一来，思致自然滔滔不绝。没有兴会时写一句极平常的话倒比写什么还难。兴会来时最忌外扰。本来文思正在源源而来，外面狗叫一声，或是墨水猛然打倒了，便会把思路打断。断了之后就想尽方法也接不上来。谢无逸问潘大临近来作诗没有，潘大临回答说：“秋来日日是诗思。昨日捉笔得‘满城风雨近重阳’之句，忽催租人至，令人意败。辄以此一句奉寄。”这是“败兴”的最好的例子。

灵感既然是突如其来，突然而去，不由自主，那不就无法可以用人力来解释么？从前人大半以为灵感非人力，以为它是神灵的感动和启示。在灵感之中，仿佛有神灵凭附作者的躯体，暗中驱遣他的手腕，他只是坐享其成。但是从近代心理学发现潜意识活动之后，这种神秘的解释就不能成立了。

什么叫作“潜意识”呢？我们的心理活动不尽是自己所能觉到的。自己的意识所不能察觉到的心理活动就属于潜意识。意识既不能察觉到，我们何以知道它存在呢？变态心理中有许多事实可以为凭。比如说催眠，受催眠者可以谈话、做事、写文章、做数学题，但是醒过来后对于催眠状态中所说的话和所做的事往往完全不知道。此外还有许多精神病人现出“两重人格”。例如一个人乘火车在半途跌下，把原来的经验完全忘记，换过姓名在附近镇市上做了几个月的买卖。有一天他忽然醒过来，发现身边事物都是不认识的，才自疑何以走到这么一个地方。旁人告诉他说他在那里开过几个月的店，他绝对不肯相信。心理学家根据许多类似事实，断定人于意识之外又有潜意识，在潜意识中也可以运用意志、思想，受催眠者和精神病人便是如此。在通常健全心理中，意识压倒潜意识，只让它在暗中活动。在变态心理中，意识和潜意识交替来去。它们完全分裂开来，意识活动时潜意识便沉下去，潜意识涌现时，便把意识淹没起。

灵感就是在潜意识中酝酿成的情思猛然涌现于意识。它好比伏兵，在未开火之前，只是鸦雀无声地准备，号令一发，它乘其不备地下总攻击，一鼓而下敌。在没有侦探清楚的敌人（意识）看，它好比周亚夫将兵从天而至一样。这个道理我们可以拿一件浅近的事实来说明。我们在初练习写字时，天天觉得自己在进步，过几个月之后，进步就猛然停顿起来，觉得字越写越坏。但是再过些时候，自己又猛然觉得进步。进步之后又停顿，停顿之后又进步，如此辗转几次，字才写得好。学别的技艺也是如此。据心理学家的实验，在进步停顿时，你如果索性不练习，把它丢开去做旁的事，过些时候再起手来写，字仍然比停顿以前较进步。这是什么道理呢？就因为在意识中思索的东西应该让它在潜意识中酝酿一些时候才会成熟。功夫没有错用的，你自己以为劳而不获，但是你在潜意识中实在仍然于无形中收效果。所以心理学家有“夏天学溜冰，冬天学泅水”的说法。溜冰本来是在前一个冬天练习的，今年夏天你虽然是在做旁的事，没有想到溜冰，但是溜冰的筋肉技巧却恰在这个不溜冰的时节暗里培养成功。一切脑的工作也是如此。

灵感是潜意识中的工作在意识中的收获。它虽是突如其来，却不是毫无准备。法国大数学家潘嘉赉常说他的关于数学的发明大半是在街头闲逛时无意中得来的。但是我们从来没有听过有一个人向来没有在数学上用功夫，猛然在街头闲逛时发明数学上的重要原则。在罗马落水的如果不是素习音乐的柏辽兹，跳出水时也绝不会随口唱出一曲乐调。他的乐调是费过两年的潜意识酝酿的。

从此我们可以知道“读书破万卷，下笔如有神”两句诗是至理名言了。不过灵感的培养正不必限于读书。人只要留心，处处都是学问。艺术家往往在他的艺术范围之外下功夫，在别种艺术之中玩索得一种意象，让它沉在潜意识里去酝酿一番，然后再用他的本行艺术的媒介把它翻译出来。吴道子生平得意的作品为洛阳天宫寺的神鬼，他在下笔之前，先请裴旻舞剑一回给他看，在剑法中得着笔意。张旭是唐朝的草书大家，他尝自道经验说："始吾见公主担夫争路，而得笔法之意；后见公孙氏舞剑器，而得其神。"王羲之的书法相传是从看鹅掌拨水得来的。法国大雕刻家罗丹也说道："你问我在什么地方学来的雕刻？在深林里看树，在路上看云，在雕刻室里研究模型学来的。我在到处学，只是不在学校里。"

从这些实例看，我们可知各门艺术的意象都可触类旁通。书画家可以从剑的飞舞或鹅掌的拨动之中得到一种特殊的筋肉感觉来助笔力，可以得到一种特殊的胸襟来增进书画的神韵和气势。推广一点说，凡是艺术家都不宜只在本行小范围之内用功夫，须处处留心玩索，才有深厚的修养。鸢飞鱼跃，风起水涌，以至于一尘之微，当其接触感官时我们虽常不自觉其在心灵中可生若何影响，但是到挥毫运斤时，它们都会涌到手腕上来，在无形中驱遣它，左右它。在作品的外表上我们虽不必看出这些意象的痕迹，但是一笔一画之中都潜寓它们的神韵和气魄。这样意象的蕴蓄便是灵感的培养。它们在潜意识中好比桑叶到了蚕腹，经过一番咀嚼组织而成丝，丝虽然已不是桑叶而却是从桑叶变来的。

慢慢走，欣赏啊

——人生的艺术化

一直到现在，我们都是讨论艺术的创造与欣赏。在收尾这一节中，我提议约略说明艺术和人生的关系。

我在开章明义时就着重美感态度和实用态度的分别，以及艺术和实际人生之间所应有的距离，如果话说到这里为止，你也许误解我把艺术和人生看成漠不相关的两件事。我的意思并不如此。

人生是多方面而却相互和谐的整体，把它分析开来看，我们说某部分是实用的活动，某部分是科学的活动，某部分是美感的活动，为正名析理起见，原应有此分别；但是我们不要忘记，完满的人生见于这三种活动的平均发展，它们虽是可分别的而却不是互相冲突的。“实际人生”比整个人生的意义较为窄狭。一般人的错误在把它们认为相等，以为艺术对于“实际人生”既是隔着一层，它在整个人生中也就没有什么价值。有些人为维护艺术的地位，又想把它硬纳到“实际人生”的小范围里去。这般人不但是误解艺术，而且也没有认识人生。我们把实际生活看作整个人生之中的一片段，所以在肯定艺术与实际人生的距离时，并非肯定艺术与整个人生的隔阂。严格地说，离开人生便无所谓艺术，因为艺术是情趣的表现，而情趣的根源就在人生；反之，离开艺术也便无所谓人生，因为凡是创造和欣赏都是艺术的活动，无创造、无欣赏的人生是一个自相矛盾的名词。

人生本来就是一种较广义的艺术。每个人的生命史就是他自己的作品。这种作品可以是艺术的，也可以不是艺术的，正有如同是一种顽石，这个人能把它雕成一座伟大的雕像，而另一个人却不能使它“成器”，分别全在性分与修养。知道生活的人就是艺术家，他的生活就是艺术作品。

过一世生活好比作一篇文章。完美的生活都有上品文章所应有的美点。

第一，一篇好文章一定是一个完整的有机体，其中全体与部分都息息相关，不能稍有移动或增减。一字一句之中都可以见出全篇精神的贯注。比如陶渊明的《饮酒》诗本来是“采菊东篱下，悠然见南山”，后人把“见”字误印为“望”字，原文的自然与物相遇相得的神情便完全丧失。这种艺术的完整性在生活中叫作“人格”。凡最完美的生活都是人格的表现。大而进退取与，小而声音笑貌，都没有一件和全人格相冲突。不肯为五斗米折腰向乡里小儿，是陶渊明的生命史中所应有的一段文章，如果他错过这一个小节，便失其为陶渊明。下狱不肯脱逃，临刑时还叮咛嘱咐还邻人一只鸡的债，是苏格拉底的生命史中所应有的一段文章，否则他便失其为苏格拉底。这种生命史才可以使人把它当作一幅图画去惊赞，它就是一种艺术的杰作。

其次，“修辞立其诚”是文章的要诀，一首诗或是一篇美文一定是至性深情的流露，存于中然后形于外，不容有丝毫假借。情趣本来是物我交感共鸣的结果。景物变动不居，情趣亦自生生不息。我有我的个性，物也有物的个性，这种个性又随时地变迁而生长发展。每人在某一时会所见到的景物，和每种景物在某一时会所引起的情趣，都有它的特殊性，断不容与另一人在另一时会所见到的景物，和另一景物在另一时会所引起的情趣完全相同的。毫厘之差，微妙所在。在这种生生不息的情趣中，我们可以见出生命的造化。把这种生命流露于语言文字，就是好文章；把它流露于言行风采，就是美满的生命史。

文章忌俗滥，生活也忌俗滥。俗滥就是自己没有本色而蹈袭别人的成规旧矩。西施患心病，常捧心颦眉，这是自然地流露，所以愈增其美。东施没有心病，强学捧心颦眉的姿态，只能引人嫌恶。在西施是创作，在东施便是滥调。滥调起于生命的干枯，也就是虚伪的表现。“虚伪的表现”就是“丑”，克罗齐已经说过。“风行水上，自然成纹”，文章的妙处如此，生活的妙处也是如此。在什么地位，是什样的人，感到什样情趣，便现出什样言行风采，叫人一见就觉其谐和完整，这才是艺术的生活。

俗语说得好："唯大英雄能本色"，所谓艺术的生活就是本色的生活。世间有两种人的生活最不艺术，一种是俗人，一种是伪君子。"俗人"根本就缺乏本色，"伪君子"则竭力遮盖本色。朱子有一首诗说：

> 半亩方塘一鉴开，天光云影共徘徊。
> 问渠那得清如许？为有源头活水来。

艺术的生活就是有"源头活水"的生活。俗人迷于名利，与世浮沉，心里没有"天光云影"，就因为没有源头活水。他们的大病是生命的枯渴。"伪君子"则于这种"俗人"的资格之上，又加上"沐猴而冠"的伎俩。他们的特点不仅见于道德上的虚伪，一言一笑、一举一动，都叫人起不美之感。谁知道风流名士的架子之中掩藏了几多行尸走肉？无论是"俗人"或是"伪君子"，他们都是生活上的"苟且者"，都缺乏艺术家在创造时所应有的良心。像柏格森所说的他们都是"生命的机械化"，只能做喜剧中的角色，生活落到喜剧里去的人大半都是不艺术的。

艺术的创造之中都必寓有欣赏，生活也是如此。一般人对于一种言行常欢喜说它"好看""不好看"，这已有几分是拿艺术欣赏的标准去估量它。但是一般人大半不能彻底，不能拿一言一笑、一举一动纳在全部生命史里去看，他们的“人格”观念太淡薄，所谓“好看”“不好看”往往只是“敷衍面子”。善于生活者则彻底认真，不让一尘一芥妨碍整个生命的和谐。一般人常以为艺术家是一班最随便的人，其实在艺术范围之内，艺术家是最严肃不过的。在锻炼作品时常呕心呕肝，一笔一画也不肯苟且。王荆公作“春风又绿江南岸”一句诗时，原来“绿”字是“到”字，后来由“到”字改为“过”字，由“过”字改为“入”字，由“入”字改为“满”字，改了十几次之后才定为“绿”字。即此一端可以想见艺术家的严肃了。善于生活者对于生活也是这样认真。曾子临死时记得床上的席子是季路的，一定叫门人把它换过才瞑目。吴季札心里已经暗许赠剑给徐君，没有实行徐君就已死去，他很郑重地把剑挂在徐君墓旁树上，以见“中心契合死生不渝”的风谊。像这一类的言行看来虽似小节，而善于生活者却不肯轻易放过，正有如诗人不肯轻易放过一字一句一样。小节如此，大节更不消说。董狐宁愿断头不肯掩盖史实，夷齐饿死不愿降周，这种风度是道德的也是艺术的。我们主张人生的艺术化，就是主张对于人生的严肃主义。

艺术家估定事物的价值，全以它能否纳入和谐的整体为标准，往往出于一般人意料之外。他能看重一般人所看轻的，也能看轻一般人所看重的。在看重一件事物时，他知道执着；在看轻一件事物时，他也知道摆脱。艺术的能事不仅见于知所取，尤其见于知所舍。苏东坡论文，谓如水行山谷中，行于其所不得不行，止于其所不得不止。这就是取舍恰到好处，艺术化的人生也是如此。善于生活者对于世间一切，也拿艺术的口味去评判它，合于艺术口味者毫毛可以变成泰山，不合于艺术口味者泰山也可以变成毫毛。他不但能认真，而且能摆脱。在认真时见出他的严肃，在摆脱时见出他的豁达。孟敏堕甑，不顾而去，郭林宗见到以为奇怪。他说，“甑已碎，顾之何益?”哲学家斯宾诺莎宁愿靠磨镜过活，不愿当大学教授，怕妨碍他的自由。王徽之居山阴，有一天夜雪初霁，月色清朗，忽然想起他的朋友戴逵，便乘小舟到剡溪去访他，刚到门口便把船划回去。他说：“乘兴而来，兴尽而返。”这几件事彼此相差很远，却都可以见出艺术家的豁达。伟大的人生和伟大的艺术都要同时并有严肃与豁达之胜。晋代清流大半只知道豁达而不知道严肃，宋朝理学又大半只知道严肃而不知道豁达。陶渊明和杜子美庶几算得恰到好处。

一篇生命史就是一种作品。从伦理的观点看，它有善恶的分别，从艺术的观点看，它有美丑的分别。善恶与美丑的关系究竟如何呢?

就狭义说，伦理的价值是实用的，美感的价值是超实用的；伦理的活动都是有所为而为，美感的活动则是无所为而为。比如仁义忠信等都是善，问它们何以为善，我们不能不着眼到人群的幸福。美之所以为美，则全在美的形相本身，不在它对于人群的效用（这并不是说它对于人群没有效用）。假如世界上只有一个人，他就不能有道德的活动，因为有父子才有慈孝可言，有朋友才有信义可言。但是这个想象的孤零零的人还可以有艺术的活动，他还可以欣赏他所居的世界，他还可以创造作品。善有所赖而美无所赖，善的价值是“外在的”，美的价值是“内在的”。

不过这种分别究竟是狭义的。就广义说，善就是一种美，恶就是一种丑。因为伦理的活动也可以引起美感上的欣赏与嫌恶。希腊大哲学家柏拉图和亚里士多德讨论伦理问题时都以为善有等级，一般的善虽只有外在的价值，而“至高的善”则有内在的价值。这所谓“至高的善”究竟是什么呢？柏拉图和亚里士多德本来是一走理想主义的极端，一走经验主义的极端，但是对于这个问题，意见却一致。他们都以为“至高的善”在“无所为而为的玩索”（disinterested contemplation）。这种见解在西方哲学思潮上影响极大，斯宾诺莎、黑格尔、叔本华的学说都可以参证。从此可知西方哲人心目中的“至高的善”还是一种美，最高的伦理的活动还是一种艺术的活动了。

“无所为而为的玩索”何以看成“至高的善”呢？这个问题牵涉到西方哲人对于神的观念。从基督教盛行之后，神才是一个大慈大悲的道德家。在希腊哲人以及近代莱布尼茨、尼采、叔本华诸人的心目中，神却是一个大艺术家。他创造这个宇宙出来，全是为着自己要创造，要欣赏。其实这种见解也并不减低神的身份。耶稣教的神只是一班穷叫花子中的一个肯施舍的财主佬，而一般哲人心中的神，则是以宇宙为乐曲而要在这种乐曲之中见出和谐的音乐家。这两种观念究竟是哪一个伟大呢？在西方哲人想，神只是一片精灵，他的活动绝对自由而不受限制，至于人则为肉体的需要所限制而不能绝对自由。人愈能脱肉体需求的限制而作自由活动，则离神亦愈近。“无所为而为的玩索”是唯一的自由活动，所以成为最上的理想。

这番话似乎有些玄渺，在这里本来不应说及。不过无论你相信不相信，有许多思想却值得当作一个意象悬在心眼前来玩味玩味。我自己在闲暇时也欢喜看看哲学书籍。老实说，我对于许多哲学家的话都很怀疑，但是我觉得他们有趣。我以为穷到究竟，一切哲学系统也都只能当作艺术作品去看。哲学和科学穷到极境，都是要满足求知的欲望。每个哲学家和科学家对于他自己所见到的一点真理（无论它究竟是不是真理）都觉得有趣味，都用一股热忱去欣赏它。真理在离开实用而成为情趣中心时就已经是美感的对象了。“地球绕日运行”“勾方加股方等于弦方”一类的科学事实，和《米洛斯爱神》或《第九交响曲》一样可以摄魂震魄。科学家去寻求这一类的事实，穷到究竟，也正因为它们可以摄魂震魄。所以科学的活动也还是一种艺术的活动，不但善与美是一体，真与美也并没有隔阂。

艺术是情趣的活动，艺术的生活也就是情趣丰富的生活。

人可以分为两种，一种是情趣丰富的，对于许多事物都觉得有趣味，而且到处寻求享受这种趣味。一种是情趣干涸的，对于许多事物都觉得没有趣味，也不去寻求趣味，只终日拼命和蝇蛆在一块争温饱。后者是俗人，前者就是艺术家。情趣愈丰富，生活也愈美满，所谓人生的艺术化就是人生的情趣化。

“觉得有趣味”就是欣赏。你是否知道生活，就看你对于许多事物能否欣赏。欣赏也就是“无所为而为的玩索”。在欣赏时人和神仙一样自由，一样有福。

阿尔卑斯山谷中有一条大汽车路，两旁景物极美，路上插着一个标语牌劝告游人说：“慢慢走，欣赏啊！”许多人在这车如流水马如龙的世界过活，恰如在阿尔卑斯山谷中乘汽车兜风，匆匆忙忙的急驰而过，无暇一回首流连风景，于是这丰富华丽的世界便成为一个了无生趣的囚牢。这是一件多么可惋惜的事啊！

朋友，在告别之前，我采用阿尔卑斯山路上的标语，在中国人告别习用语之下加上三个字奉赠：

“慢慢走，欣赏啊！”

光潜

一九三二年夏，莱茵河畔

谈美书简

散文精读·朱光潜 >>>

从现实生活出发还是从抽象概念出发？

朋友们：

在我接到心向美学的朋友们来信中，经常出现的问题是究竟怎样才算美，“美的本质”是什么？

提问“怎样才算美”的朋友们未免有些谦虚。实际上这些朋友们每天都在接触到一些美的和丑的事物，在情感上都有不同程度的感受甚至激动。例如一个年轻小伙子碰见一位他觉得中意的姑娘，他能没有一点美的感受吗？一个正派人看见正反两派人物的激烈斗争，不也是多少能感觉到美的确实是美，丑的确实是丑吗？在这种场合放过火热的斗争而追问美的本质是什么，丑的本质是什么，不是有点文不对题吗？一个人如果不是白痴，对于具体的美和丑都有认识，这种认识不一定马上就对，但在不断地体验现实生活和加强文艺修养中，它会逐渐由错误到正确，由浅到深，这正是审美教育的发展过程。而现在有些人放弃亲身接触过和感受过的事物不管，而去追问什么美的本质这个极端抽象的概念，我敢说他们会永远抓不着所谓

"美的本质"。法国人往往把"美"叫作"我不知道它是什么"（Je ne sais quoi）。可不是吗？柏拉图说的是一套，亚里士多德说的又是一套；康德说的是一套，黑格尔说的又是一套。从马克思主义立场来看，他们都可一分为二，各有对和不对的两方面。事情本来很复杂，你能把它简单化成一个"美的定义"吗？就算你找到"美的定义"了，你就能据此来解决一切文艺方面的实际问题吗？这问题也涉及文艺创作和欣赏中的一系列问题，以后还要谈到，现在只谈研究美学是要从现实生活中的具体的事例出发，还是从抽象概念出发？

引起我先谈这个问题的是一位老朋友的来信。这位朋友在20世纪50年代美学讨论中和我打过一些交道。他去年写过一篇题为《美的定义及其解说》的近万言长文，承他不弃，来信要我提意见。他的问题在现在一般中青年美学研究工作者中有普遍意义，所以趁这次机会来公开作复。

请先读他的"美的定义"：

> 美是符合人类社会生活向前发展的历史规律及相应的理想的那些事物的，以其相关的自然性为必要条件，而以其相关的社会性（在有阶级的社会时期主要被阶级性所规定）为决定因素。矛盾统一起来的内在好本质之外部形象特征，诉诸一定人们感受上的一种客观价值。

既是客观规律，又是主观理想；既是内在好本质，又是外部形象特征；既是自然性，又是社会性；既是一定人们感受，又是客观价值。定义把这一大堆抽象概念拼凑在一起，仿佛主观和客观的矛盾就统一起来了。这种玩弄积木式的拼凑倒也煞费苦心，可是解决了什么问题呢？难道根据这样拼凑起来的楼阁，就可以进行文艺创作、欣赏和批评了吗？

“定义”之后还附了十三条“解说”，仍旧是玩弄一些抽象概念，说来说去，并没有把“定义”解说清楚。作者始终一本正经，丝毫不用一点具体形象，丝毫不流露一点情感。他是从艺术学院毕业的，听说搞过雕塑和绘画，但始终不谈一点亲身经验，不举一点艺术实践方面的例证。19世纪法国巴那斯派诗人为着要突出他们的现实主义，曾标榜所谓“不动情”（Impassivié）。“定义”的规定者确实做到了这一点，在文章里怕犯“人情味”的忌讳，阉割了自己，也阉割了读者，不管读者爱听不爱听，他硬塞给你的就只有这种光秃秃硬邦邦的枯燥货色，连文字也还似通不通。到什么时候才能看到这种文风改变过来呢！

读到这个“美的定义”，我倒有“如逢故人”的感觉。这位故人仍是20世纪50年代美学讨论中的故人。当前，党的工作重点实行了转移，实现“四个现代化”成了全国人民的中心任务，各条战线正在热火朝天地大干快上，文艺界面貌也焕然一新。但这一切在这位搜寻“美的定义”的老朋友身上，仿佛都没有起一点作用，他还是那样坐井观天，闻风不动！

十三条“解说”之后又来了一个“附记”。作者在引了毛泽东同志的研究工作不应当从定义出发的教导后，马上就来了一个一百八十度大转变的“然而”：“然而同时并不排除经过实事求是的研究而从获得的结论中，归纳、概括、抽绎出定义。”是呀，你根据什么“实事”，求出什么“是”呢？你这是遵循毛主席的“辩证唯物主义路线”吗？

接着作者还来了一个声明：

> 以上“美”的定义，无非自己在美学研究长途中的一个小小暂时“纪程”而已。以后于其视为绊脚石时，自己或旁人，都可以而且应当无所爱惜地踢开它！

这里有一个惊叹号，是文中唯一的动了一点情感的地方，表现出决心和勇气。不过作为一个老友，我应该直率地说，你的定义以及你得出定义所用的方法正是你的绊脚石。你如何处理这块绊脚石，且观后效吧！

读过这篇“美的定义”之后不久，我有机会上过一堂生动的美学课，看到新上演的意大利和法国合摄的电影片《巴黎圣母院》。听到那位既聋哑而又奇丑的敲钟人在见到那位能歌善舞的吉卜赛女郎时，结结巴巴地使劲连声叫“美！美、美……”我不禁联想起“美的定义”。我想这位敲钟人一定没有研究过“美的定义”，但他的一生事迹，使我深信他是个真正懂得什么是美的人，他连声叫出的“美”确实是出自肺腑的。一听到就使我受到极大的震动，悲喜交集，也惊赞雨果毕竟是个名不虚传的伟大作家。这位敲钟人本是一个孤儿，受尽流离困苦才当上一个在圣母院里敲钟的奴隶。圣母院里的一个高级僧侣偷看到吉卜赛女郎歌舞，便动了淫念，迫使敲钟人去把她劫掠过来。在劫掠中敲钟人遭到了群众的毒打，渴得要命，奄奄一息之际，给他水喝因而救了他命的正是他被他恶棍主子差遣去劫夺的吉卜赛女郎。她不但不跟群众一起去打他，而且出于对同受压迫的穷苦人的同情，毅然站出来救了他的命。她不仅面貌美，灵魂也美。这一口水之恩使敲钟人认识到什么是善和恶，美和丑，什么是人类的爱和恨。以后到每个紧要关头，他都是吉卜赛女郎的救护人，甚至设法去成全她对卫队长的单相思。把她藏在钟楼里使她免于死的是他，识破那恶棍对她的阴谋的是他，最后把那个恶棍从高楼上扔下摔死，因而替女郎报了仇、雪了恨的也还是他。这个女郎以施行魔术的罪名被处死，尸首抛到地下墓道里，他在深夜里探索到尸首所在，便和她并头躺下，自己也就断了气。就是这样一个五官不全而又奇丑的处在社会最下层的小人物，却显出超人的大力、大智和大勇乃至大慈大悲。这是我在文艺作品中很少见到的小人物的高大形象。我不瞒你说，我受到了很大的感动。

我说这次我上了一堂生动的美学课。这不仅使我坚定了一个老信念：现实生活经验和文艺修养是研究美学所必备的基本条件，而且使我进一步想到美学中的一些关键问题。首先是自然美与艺术美的关系和区别问题。现实中有没有像敲钟人那样小人物的高大形象呢？我不敢作出肯定或否定的回答，我只能说，至少是我没有见过。我认为雨果所写的敲钟人是艺术创造出来的奇迹，是经过夸张虚构、集中化和典型化才创造出来的。敲钟人的身体丑烘托出而且提高了他的灵魂美。这样，自然丑本身作为这部艺术作品中的一个重要因素，也就转化为艺术美。艺术必根据自然，但艺术美并不等于自然美，而自然丑也可以转化为艺术美，这就说明了艺术家有描写丑恶的权利。

这部影片也使我回忆起不久前读过的人民美术出版社一九七八年印行的《罗丹艺术论》及其附载的一篇《读后记》。《罗丹艺术论》是一位艺术大师总结长期艺术实践的经验之谈，既亲切而又深刻，在读过《罗丹艺术论》正文之后再读《读后记》，不免感到《读后记》和正文太不协调了。不协调在哪里呢？罗丹是从亲身实践出发的，句句话都出自肺腑；《读后记》是从公式概念出发的，不但蔑视客观事实，而且帽子棍子满天飞。

过去这些年写评论文章和文艺史著作的都要硬套一个千篇一律的公式：先是拼凑一个历史背景，给人一个运用历史唯物主义的假象；接着就“一分为二”，先褒后贬，或先贬后褒，大发一番空议论，歪曲历史事实来为自己的片面论点打掩护。

往往是褒既不彻底，贬也不彻底，褒与贬互相抵消。凭什么褒，凭什么贬呢？法官式的评论员心中早有一套法典，其中条文不外是“进步”“反动”“革命”“人民性”“阶级性”“现实主义”“浪漫主义”“世界观”“创作方法”“自然主义”“理想主义”“人性论”“人道主义”“颓废主义”之类离开具体内容就很空洞的抽象概念，随处都可套上，随处都不很合式。任何一位评论员用不着对文艺作品有任何感性认识，就可以大笔一挥，洋洋万言。我很怀疑这种评论有几个人真正要看。这不仅浪费执笔者和读者的时间，而且败坏了文风和学风。现在是应该认真对待这个问题的时候了！

《读后记》的作者对罗丹确实有褒有贬，不过贬抵消了褒。我们先看他对罗丹所控诉的罪状，再考虑一下如果这些罪状能成立，罗丹还有什么可褒的？为什么把他介绍到中国来？

作者一方面肯定了罗丹的现实主义，另一方面又指责罗丹的现实主义“不过是‘写真实’的别名”。我们还记得“写真实”过去在我们中间成了一条罪状，难道现实主义就不要“写真实”吗？作者还挑剔罗丹不该把现实主义说成“诚挚是唯一的法则”，理由是“根本不可能有什么超阶级的‘诚挚’”。试问过去公认的一些阶级成分并不怎么好的现实主义大师，例如莎士比亚、菲尔丁、巴尔扎克、易卜生、托尔斯泰，等等，都不“诚挚”，都在以说谎骗人为业吗？作者还重点地讨论了艺术如何运用丑的问题。他先褒了一笔，肯定罗丹描绘丑陋有不肯粉饰生活的“积极内容”，没有否认自然丑可以化为艺术美，接着就指责罗丹“偏爱残缺美”，毕竟“含有不健康的消极因素”，因为他“受到了颓废思潮的很深的影响”，“罗丹思想上同颓废派的联系，使他不能正确辨认生活与艺术中的一切美丑现象”。试问罗丹既不能正确辨认生活与艺术中的一切美丑现象，他不就成了白痴吗？还凭什么创造出那些公认为杰出的作品呢？罪状还不仅此，罗丹“偏爱残缺美”，“也破坏了艺术的形式美”，“罗丹作品形式上的缺点正是反映了内容空虚和消极反动”。总之，一戴上“颓废派”的帽子，一个艺术家就必须一棍子打死。请问广大读者，《罗丹艺术论》和罗丹的作品究竟在哪一点上表明他是个颓废派呢？就历史事实来说，罗丹在“思想上同颓废派”究竟有什么联系吗？和他联系较多的人是雨果和巴尔扎克，他替这两位伟大小说家都雕过像，此外还有大诗人波德莱尔，他和罗丹是互相倾慕的。波德莱尔的诗集命名为《恶之花》，一出版就成了一部最畅销的书，可见得到了广大群众的批准。但是《恶之花》这个不雅驯的名称（趁便指出：原文Mal应译为“病”，即“世纪病”中的“病”，“恶”是误译。）便注定了他在某些人心目中成了“颓废派”的代表。罗丹和他确实有联系，那他也就成了颓废派。依这种逻辑，雨果和巴尔扎克当然也就应归入颓废派了。要深文罗织，找罪证也不难，雨果不是在《巴黎圣母院》里塑造了五官不全的奇丑的敲钟人吗？巴尔扎克不也写过许多丑恶的人丑恶的事吗？

我们在这里并不是要为颓废派辩护。在19世纪末，据说颓废主义是普遍流行的“世纪病”。这是客观事实，而且也有它的历史根源。处在帝国主义渐就没落时期，一般资产阶级文化人和文艺工作者大半既不满现状而又看不清出路，有些颓废倾向，而且还宣扬人性论、人道主义、天才论、不可知论和一些其他奇谈怪论。他们的作品难免有这样和那样的毒素，但毕竟有“不粉饰现实生活的积极内容”，而且在艺术上还有些达到很高的成就，我们究竟应该如何对待他们呢？为着保健防疫，是不是就应干脆把他们一扫而空，在历史上留一段空白为妙呢？这其实就是“割断历史”的虚无主义，与马克思主义毫无共通之处。

朋友们，我和诸位在文艺界和美学界有“同行”之雅，在这封信里向诸位谈心，以一个年过八十的老汉还经常带一点火气，难免要冒犯一些人。我实在忍不下去啦！请原谅这种苦口婆心吧！让我们振奋精神，解放思想，肃清余毒，轻装上阵吧！

谈　人

朋友们：

谈美，我得从人谈起，因为美是一种价值，而价值属于经济范畴，无论是使用还是交换，总离不开人这个主体。何况文艺活动，无论是创造还是欣赏、批评，同样也离不开人。

你我都是人，还不知道人是怎么回事吗？世间事物最复杂因而最难懂的莫过人，懂得人就会懂得你自己。希腊人把“懂得你自己”看作人的最高智慧。可不是吗？人不像木石只有物质，而且还有意识，有情感，有意志，总而言之，有心灵。西方还有一句古谚：“人有一半是魔鬼，一半是仙子。”魔鬼固诡诈多端，仙子也渺茫难测。

作为一种动物，人是人类学的研究对象。他经过无数亿万年才由单细胞生物发展到猿，又经过无数亿万年才由类人猿发展到人。正如人的面貌还有类人猿的遗迹，人的习性中也还保留一些兽性，即心理学家所说的“本能”。

我们这些文明人是由原始人或野蛮人演变来的，除兽性之外，也还保留着原始人的一些习性。要了解现代社会人，还须了解我们的原始祖先。所以马克思特别重视摩尔根的《古代社会》，把它细续过而且加过评注。恩格斯也根据《古代社会》的资料，写出《家庭、私有制和国家的起源》。在《自然辩证法》一书中，恩格斯还详细论述了劳动在从猿到人转变过程中的作用，谈到了人手的演变，这对研究美学是特别重要的。古代社会不仅是家庭、私有制和国家政权的摇篮，而且也是宗教、神话和艺术的发祥地。数典不能忘祖，这笔账不能不算。

从人类学和古代社会的研究来看，艺术和美是怎样起源的呢？并不是起于抽象概念，而是起于吃饭穿衣、男婚女嫁、猎获野兽、打群仗来劫掠食物和女俘以及劳动生产之类日常生活实践中极平凡卑微的事物。中国的儒家有一句老话："食、色，性也。""食"就是保持个体生命的经济基础，"色"就是绵延种族生命的男女配合。艺术和美也最先见于食色。汉文"美"字就起于美羹的味道，中外文都把"趣味"来指"审美力"。原始民族很早就很讲究美，从事艺术活动。他们用发亮耀眼的颜料把身体涂得漆黑或绯红，唱歌作乐和跳舞来吸引情侣，或庆祝狩猎、战争的胜利。关于这些，格罗塞在《艺术的起源》里讲得很详细，较易得到的普列汉诺夫的《没有地址的信》也可以参看。

在近代，人是心理学的主要研究对象。一个活人时时刻刻要和外界事物（自然和社会）打交道，这就是生活。生活是人从实践到认识，又从认识到实践的不断反复流转的发展过程。为着生活的需要，人在不断地改造自然和社会，同时也在不断地改造自己。心理学把这种复杂过程简化为刺激到反应往而复返的循环弧。外界事物刺激人的各种感觉神经，把映象传到脑神经中枢，在脑里引起对对象的初步感性认识，激发了伏根很深的本能和情感（如快感和痛感以及较复杂的情绪和情操），发动了采取行动来应付当前局面的思考和意志，于是脑中枢把感觉神经拨转到运动神经，把这意志转达到相应的运动器官，如手足肩背之类，使它实现为行动。哲学和心理学一向把这整个运动分为知（认识）、情（情感）和意（意志）这三种活动，大体上是正确的。

心理学在近代已成为一种自然科学，在过去是附属于哲学的。过去哲学家主要是意识形态制造者，他们大半只看重认识而轻视实践，偏重感觉神经到脑中枢那一环而忽视脑中枢到运动神经那一环，也就是忽视情感、思考和意志到行动那一环。他们大半止于认识，不能把认识转化为行动。不过这种认识也可以起指导旁人行动的作用。马克思《关于费尔巴哈的提纲》第十一条说：“哲学家们只是用不同的方式解释世界，而问题在于改变世界”，就是针对这些人说的。

就连在认识方面，较早的哲学家们也大半过分重视“理性”认识而忽视感性认识，而他们所理解的“理性”是先验的甚至是超验的，并没有感性认识的基础。这种局面到 17、18

世纪启蒙运动中英国的培根和霍布斯等经验派哲学家才把它转变过来，把理性认识移置到感性认识的基础上，把理性认识看作是感性认识的进一步发展。英国经验主义在欧洲大陆上发生了深远影响，它是机械唯物主义的先驱，费尔巴哈就是一个著例。他“不满意抽象的思维而诉诸感性的直观；但是他把感性不是看作实践的、人类感性的活动”，对现实事物“只是从客体的或者直观的形式去理解，而不是把它们当作感性的人的活动，当作实践去理解”，结果是人作为主体的感性活动、实践活动、能动的方面，却让唯心主义抽象地发展了。而且“他没有把人的活动本身理解为客观的活动”。这份“提纲”是马克思主义哲学的核心，但在用词和行文方面有些艰晦，初学者不免茫然，把它的极端重要性忽视过去。这里所要解释的主要是认识和实践的关系，也就是主体（人）和客体（对象）的关系。费尔巴哈由于片面地强调感性的直观（对客体所观照到的形状），忽视了这感性活动来自人的能动活动方面（实践）。毛病出在他不了解人（主体）与他的认识和实践的对象（客体）既是相对立而又相依为命的，客观世界（客体）靠人来改造和认识，而人在改造客观世界中既体现了自己，也改造了自己。因此物（客体）之中有人（主体），人之中也有物。马克思批评费尔巴哈“没有把人的活动本身理解为客体的活动”。参加过20世纪50年代国内美学讨论的人们都会记得多数人坚持“美是客观的”，我自己是从“美是主观的”转变到“主客观统一”的。当时我是从对客观事实的粗浅理解达到这种转变的，还没有懂得马克思在“提纲”中关于主体和客体统一的充满唯物辩证法的阐述的深刻意义。这场争论到现在似还没有彻底解决，来访或来信的朋友们还经常问到这一点，所以不嫌词费，趁此作一番说明，同时也想证明哲学（特别是马克思主义哲学）和心理学的知识对于研究美学的极端重要性。

谈到观点的转变，我还应谈一谈近代美学的真正开山祖康德这位主观唯心论者对我的影响，并且进行一点力所能及的批判。大家都知道，我过去是意大利美学家克罗齐的忠实信徒，可能还不知道对康德的信仰坚定了我对克罗齐的信仰。康德自己承认英国经验派怀疑论者休谟把他从哲学酣梦中震醒过来，但他始终没有摆脱他的“超验”理性或“纯理性”。在《判断力批判》上部，康德对美进行了他的有名的分析。我在《西方美学史》第十二章里对他的分析结果作了如下的概括叙述：

审美判断不涉及欲念和利害计较，所以有别于一般快感以及功利的和道德的活动，即不是一种实践活动；审美判断不涉及概念，所以有别于逻辑判断，即不是一种概念性认识活动；它不涉及明确的目的，所以与审美的判断有别，美并不等于（目的论中的）完善。

审美判断是对象的形式所引起的快感。这种形式之所以能引起快感，是因为它适应人的认识功能（想象力和知解力），使这些功能可以自由活动并且和谐地合作。这种心理状态虽不是可以明确地认识到的，却是可以从情感的效果上感觉到的。审美的快感就是对于这种心理状态的肯定，它可以说是对于对象形式（客体）与主体的认识功能的内外契合……所感到的快慰。这是审美判断中的基本内容。

康德的这种美的分析有一个明显的致命伤。他把审美活动和整个人的其他许多功能都割裂出来，思考力、情感和追求目的的意志在审美活动中都从人这个整体中阉割掉了，留下来的只是想象力和知解力这两种认识功能的自由运用和谐合作所产生的那一点快感。这两种认识功能如何自由运用与和谐合作，也还是一个不可知的秘密，因为他明确地说过“审美趣味方面没有客观规则”，艺术是“由自然通过天才来规定法则的”。他把美分为“纯粹美”和“依存的”两种，“美的分析”只针对“纯粹美”，到讨论“依存美”时，康德又把他原先所否定的因素偷梁换柱式地偷运回来，前后矛盾百出。就对象（客体）方面来看也是如此，他先肯定审美活动只涉及对象的形式，也就是说，与对象的内容无关；可是后来讨论“理想美”时却又说“理想是把个别事物作为适合于表现某一观念的形象显现”，这种“观念”就是“一种不确定的理性概念”，“它只能在人的形体上见出，在人的形体上，理想是道德精神的表现”。

指出如此等类的矛盾，并不是要把康德一棍子打死。康德对美学问题是经过深思熟虑的，发现其中有不少难解决的矛盾。他自己虽没有解决这些矛盾，却没有掩盖它们，而是认为可以激发后人的思考，推动美学的进一步发展。不幸的是后来他的门徒大半只发展了他的美只涉及对象的形式和主体的不带功利性的快感，即只涉及“美的分析”那一方面，而忽视了他对于“美的理想”“依存美”和对“崇高”的分析那另一方面。因此就产生了“为艺术而艺术”，“形式主义”，“依存美”和对“崇高”的分析那另一方面。克罗齐的“艺术即直觉”，“美学只管美感经验”，美感经验是“孤立绝缘的”（闵斯特堡）、和实际事物保持“距离”的（缪勒·弗兰因菲尔斯）以及“超现实主义”，象征派的“纯诗”运动，巴那斯派的“不动情感”“取消人格”之类五花八门的流派和学说，其中有大量的歪风邪气，康德在这些方面都是始作俑者。

近一百年中对康德持异议的也大有人在。例如康德把情感和意志排斥到美的领域之外，继起的叔本华就片面强调意志，尼采就宣扬狂歌狂舞、动荡不停的“酒神精神”和“超人”，都替后来德国法西斯暴行建立了理论基础。这种事例反映了帝国主义垂危时期的社会动荡和个人自我扩张欲念的猖獗。这个时期变态心理学开始盛行，主要的代表也各有一套美学或文艺理论，都明显地受到尼采和叔本华的影响。首屈一指的是弗洛伊德。他认为原始人类婴儿对自己父母的性爱和妒忌所形成的“情意综”（男孩对母亲的性爱和对父亲的妒忌叫作“伊底帕斯情意综”，女孩对父亲的性爱和对母亲的妒忌叫作“爱列屈拉情意综”）到了现在还暗中作祟，采取化装，企图在文艺中得到发泄。于是文艺就成了“原始性欲本能的升华”。弗洛伊德的门徒之一爱德洛却以个人的自我扩张欲（叫作“自我本能”）代替了性欲。自我本能表现于“在人上的意志”，特别是生理方面有缺陷的人受这种潜力驱遣，努力向上，来弥补这种缺陷。例如贝多芬、莫扎特和舒曼都有耳病，却都成了音乐大师。

像上面所举的这类学说现在在西方美学界还很流行，其痛病和康德一样，都在把人这个整体宰割开来成为若干片段，单挑其中一块来，就说人原来如此，或是说，这一点就是打开人这个秘密的锁钥，也是打开美学秘密的锁钥。这就如同传说中的盲人摸象，这个说象是这样，那个说象是那样，实际上都不知道真象究竟是个啥样。

谈到这里，不妨趁便提一下，19世纪以来西方美学界在研究方法上有机械观与有机观的分野。机械观来源于牛顿的物理学。物理学的对象本来是可以拆散开来分零件研究，把零件合拢起来又可以还原的。有机观来源于生物学和有机化学。有机体除单纯的物质之外还有生命，这就必须从整体来看，分割开来，生命就消灭了。解剖死尸，就无法把活人还原出来。机械观是一种形而上学，有机观就接近于唯物辩证法。上文所举的康德以来的一些美学家主要是持机械观的。当时美学界有没有持有机观的呢？为数不多，德国大诗人歌德便是一个著例，他在《搜藏家和他的伙伴们》的第五封信中有一段话是我经常爱引的：

> 人是一个整体，一个多方面的内在联系着的各种能力的统一体。艺术作品必须向人这个整体说话，必须适应人的这种丰富的统一体，这种单一的杂多。

这就是有机观。这是伟大诗人从长期文艺创作和文艺欣赏中所得到的经验教训，不是从抽象概念中出来的。着重人的整体这种有机观，后来在马克思的《1844年经济学哲学手稿》里得到进一步发展，为辩证唯物主义和历史唯物主义奠定了基础。关于这一点，我们在以后的信里还要详谈。

从生理学观点谈美学与美感

朋友们：

你们来信常追问我：美是什么？美感是什么？美与美感有什么关系？美是否纯粹是客观的或主观的？我在第二封信里已强调过这样从抽象概念出发来对本质下定义的方法是形而上学的。要解决问题，就要从具体情况出发，而审美活动的具体情况是极复杂的。前信（指《冲破文艺创作和美学中的一些禁区》一文，编者加）已谈到从马克思在《资本论》里关于“劳动”的分析看，就可以看出物质生产和精神生产都有审美问题，既涉及复杂的心理活动，又涉及复杂的生理活动。这两种活动本来是分不开的，为着说明的方便，姑且把它们分开来说。在第三封信《谈人》里我们已约略谈了一点心理学常识，现在再就节奏感、移情作用和内模仿这三项来谈一点生理学常识。

一、节奏感。节奏是音乐、舞蹈和歌唱这些最原始也最普遍的三位一体的艺术所同具的一个要素。节奏不仅见于艺术作品，也见于人的生理活动。人体中呼吸、循环、运动等器官本身的自然的有规律的起伏流转就是节奏。人用他的感觉器官和运动器官去应付审美对象时，如果对象所表现的节奏符合生理的自然节奏，人就感到和谐和愉快，否则就感到“拗”或“失调”，就不愉快。例如听京戏或鼓书，如果演奏艺术高超，像过去的杨小楼和刘宝全那样，我们便觉得每个字音和每一拍的长短高低快慢都恰到好处，有“流转如弹丸”之妙。如果某句落掉一拍，或某板偏高或偏低，我们全身筋肉就仿佛突然受到一种不愉快的震撼，这就叫作节奏感。

为着跟上节奏，我们常用手脚去“打板”，其实全身筋肉都在“打板”。这里还有心理上的“预期”作用。节奏总有一种习惯的模式。听到上一板，我们就“预期”下一板的长短高低快慢如何，如果下一板果然符合预期，美感便加强，否则美感就遭到破坏。在这种美或不美的节奏感里你能说它是纯粹主观的或纯粹客观的吗？或则说它纯粹是心理的或纯粹是生理的吗?

节奏是主观与客观的统一，也是心理和生理的统一。它是内心生活（思想和情趣）的传达媒介。艺术家把应表现的思想和情趣表现在音调和节奏里，听众就从这音调节奏中体验或感染到那种思想和情趣，从而起同情共鸣。

举具体事例来说，试比较分析一下这两段诗：

噫吁嚱？危乎高哉！蜀道之难，难于上青天！……其险也若此，嗟尔远道之人胡为乎来哉！

——李白《蜀道难》

昵昵儿女语，恩怨相尔汝。划然变轩昂，猛士赴敌场。浮云柳絮无根蒂，天地阔远随飞扬。……跻攀分寸不可上，失势一落千丈强！

——韩愈《听颖师弹琴》

李诗突兀沉雄，使人得到崇高风格中的惊惧感觉，节奏比较慢，起伏不平。韩诗变化多姿，妙肖琴音由细绵细腻，突然转到高昂开阔，反复荡漾，接着的两句就上升的艰险和下降的突兀作了强烈的对比。音调节奏恰恰传出琴音本身的变化。正确的朗诵须使音调节奏暗示出意象和情趣的变化发展。这就必然要引起呼吸、循环、发奋等器官乃至全身筋肉的活动。你能离开这些复杂的生理活动而谈欣赏音调节奏的美感吗？你能离开这种具体的美感而抽象地谈美的本质吗？

节奏主要见于声音，但也不限于声音，形体长短大小粗细相错综，颜色深浅浓淡和不同调质相错综，也都可以见出规律和节奏。建筑也有它所特有的节奏，所以过去美学家们把建筑比作“冻结的或凝固的音乐”。一部文艺作品在布局上要有“起承转合”的节奏。我读姚雪垠同志的《李自成》，特别欣赏他在戎马仓皇的紧张局面之中穿插些明末宫廷生活之类安逸闲散的配搭，既见出反衬，也见出起伏的节奏，否则便会平板单调。我们有些音乐和文学方面的作品往往一味高昂紧张，就有缺乏节奏感的毛病。“张而不弛，吾不为也！”

二、移情作用：观念联想。19世纪以来，西方美学界最大的流派是以费肖尔父子为首的新黑格尔派，他们最大的成就在对于移情作用的研究和讨论。所谓“移情作用”（Einfuhlung）指人在聚精会神中观照一个对象（自然或艺术作品）时，由物我两忘达到物我同一，把人的生命和情趣“外射”或移注到对象里去，使本无生命和情趣的外物仿佛具有人的生命活动，使本来只有物理的东西也显得有人情。最明显的事例是观照自然景物以及由此产生的文艺作品。我国诗词里咏物警句大半都显出移情作用。例如下列名句：

相看两不厌，只有敬亭山。

——李白《独坐敬亭山》

感时花溅泪，恨别鸟惊心。

——杜甫《春望》

颠狂柳絮随风舞，轻薄桃花逐水流。

——杜甫《漫兴》（其五）

数峰清苦，商略黄昏雨。

——姜夔《点绛唇·丁未冬过吴松作》

可堪孤馆闭春寒，杜鹃声里斜阳暮。

——秦观《踏莎行·郴州旅舍》

都是把物写成人，静的写成动的，无情写成有情，于是山可以看人而不厌，柳絮可以颠狂，桃花可以轻薄，山峰可以清苦，领略黄昏雨的滋味。从此可见，诗中的“比”和“兴”大半起于移情作用，上例有些是显喻，有些是隐喻，隐显各有程度之差，较隐的是姜秦两例，写的是景物，骨子里是诗人抒发自己的黄昏思想和孤独心情。上举各例也说明移情作用和形象思维也有密切关系。

移情说的一个重要代表利普斯反对从生理学观点来解释移情现象，主张要专用心理学观点，运用英国经验主义派的“观念联想”（特别是其中的“类似联想”）来解释。他举希腊建筑中的道芮式石柱为例。这种石柱支持上面的沉重的平顶，本应使人感到它受重压而下垂，而我们实际看到的是它仿佛在耸立上腾，出力抵抗。利普斯把这种印象叫作“空间意象”，认为它起于类似联想，石柱的姿态引起人在类似情况中耸立上腾、出力抵抗的观念或意象，在聚精会神中就把这种意象移到石柱上，于是石柱就仿佛耸立上腾、奋力抵抗了。利普斯的这种看法偏重移情作用的由我及物的一方面，唯心色彩较浓。

三、移情作用：内模仿。同属移情派而与利普斯对立的是谷鲁斯。他侧重移情作用的由物及我的一方面，用的是生理学观点，认为移情作用是一种“内模仿”。在他的名著《动物的游戏》里举过看跑马的例子：

> 一个人在看跑马，真正的模仿当然不能实现，他不但不肯放弃座位，而且有许多理由使他不能去跟着马跑，所以只心领神会地模仿马的跑动，去享受这种内模仿所产生的快感。这就是一种最简单、最基本、最纯粹的审美的观赏了。

他认为审美活动应该只有内在的模仿而不应有货真价实的模仿。如果运动的冲动过分强烈，例如西欧一度有不少的少年因读了歌德的《少年维特之烦恼》就模仿维特自杀，那就要破坏美感了。正如中国过去传说有人看演曹操老奸巨猾的戏，就义愤填膺，提刀上台把那位演曹操的角色杀掉，也不能起美感一样。

谷鲁斯还认为内模仿带有游戏的性质。这是受到席勒和斯宾塞的“游戏说”的影响，把游戏看作艺术的起源。从文艺的创作和欣赏的角度看，内模仿确实有很多例证。上文已谈到的节奏感就是一例。中国文论中的“气势”和“神韵”，中国画论中的“气韵生动”都是凭内模仿作用体会出来的。中国书法向来自成一种艺术，康有为在《广艺舟双楫》里说字有十美，其中如“魄力雄强”“气象浑穆”“意态奇逸”“精神飞动”之类显然都显出移情作用的内模仿。书法往往表现出人格，颜真卿的书法就像他为人一样刚正，风骨凛然；赵孟頫的书法就像他为人一样清秀妩媚，随方就圆。我们欣赏颜字那样刚劲，便不由自主地正襟危坐，模仿他的端庄刚劲；我们欣赏赵字那样秀媚，便不由自主地松散筋肉，模仿他的潇洒婀娜的姿态。

西方作家描绘移情中内模仿事例更多，现在举19世纪两位法国的著名的小说家为例。一位是女作家乔治·桑，她在《印象和回忆》里说：

> 我有时逃开自我，俨然变成一棵植物，我觉得自己是草，是飞马，是树顶，是云，是流水，是天地相接的那一条地平线，觉得自己是这种颜色或那种形体，瞬息万变，去来无碍，时而走，时而飞，时而潜，时而饮露，向着太阳开花，或栖在叶背安眠。天鹨飞升时我也飞升，蜥蜴跳跃时我也跳跃，萤火和星光闪耀时我也闪耀。总之，我所栖息的天地仿佛全是由我自己伸张出来的。

另一位是写实派大师福楼拜，他在通信里描绘他写《包法利夫人》那部杰作时说：

> 写作中把自己完全忘去，创造什么人物就过着什么人物的生活，真是一件快事。今天我就同时是丈夫和妻子，情人和姘头，我骑马在树林里漫游，时当秋暮，满林黄叶，我觉得自己就是马，就是风，就是两人的情语，就是使他们的填满情波的眼睛眯着的那道阳光。

这两例都说明作者在创作中体物入微，达到物我同一的境界，就引起移情作用中的内模仿。凡是模仿都或多或少地涉及筋肉活动，这种筋肉活动当然要在脑里留下印象，作为审美活动中一个重要因素，过去心理学家认为人有视、听、嗅、味、触五官，其中只有视、听两种感官涉及美感。近代美学日渐重视筋肉运动，于五官之外还添上运动感官或筋肉感官（Kinetic Sense），并且倾向于把筋肉感看作美感的一个重要因素。其实中国书法家和画家早就明白这个道理了。

四、审美者和审美对象各有两种类型。审美的主体（人）和审美的对象（自然和文艺作品）都有两种不同的类型，而这两种类型又各有程度上的差别和交叉，这就导致美与美感问题的复杂化。先就人来说，心理学早就把人分成"知觉型"和"运动型"。例如看一个圆形，知觉型的人一看到圆形就直接凭知觉认识到它是圆的，运动型的人还要用眼睛沿着圆周线作一种圆形的运动，从这种眼球筋肉运动中才体会到它是圆的。近来美学家又把人分成“旁观型”和“分享型”，大略相当于知觉型和运动型。纯粹旁观型的人不易起移情作用，更不易起内模仿活动，分明意识到我是我，物是物，却仍能欣赏物的形象美。纯粹分享型的人在聚精会神中就达到物我两忘和物我同一，必然引起移情作用和内模仿。这种分别就是尼采在《悲剧的诞生》里所指出的日神精神（旁观）与酒神精神（分享）的分别。狄德罗在他的《谈演员》的名著里也强调过这个分别。他认为演员也有两种类型，一种演员演什么角色，就化成那个角色，把自己全忘了，让那个角色的思想情感支配自己的动作姿势和语调。另一种演员尽管把角色演得惟妙惟肖，却时时刻刻冷静地旁观自己的表演是否符合他早已想好的那个“理想的范本”。狄德罗本人则推尊旁观型演员而贬低分享型演员，不过也有人持相反的看法。上面所介绍过的利普斯显然属于知觉型和旁观型，感觉不到筋肉活动和内模仿，谷鲁斯却属于运动型或分享型。因此，两人对于美感的看法就不能相同。

我还记得20世纪50年代的美学讨论中攻击的靶子之一就是我的“唯心主义的”移情作用，现在趁这次重新谈美的机会，就这个问题进行一番自我分析和检讨。我仍得坦白招认，我还是相信移情作用和内模仿的。这是事实俱在，不容一笔抹煞。我还想到在一八五九年左右移情派祖师费肖尔的五卷本《美学》刚出版不久，马克思就在百忙中把它读完而且做了笔记，足见马克思并没有把它一笔抹煞，最好进一步就这方面进行一些研究再下结论。我凭个人经验的分析，认识到这问题毕竟很复杂。在审美活动中尽管我一向赞赏冷静旁观，有时还是一个分享者，例如我读《史记·刺客列传》叙述荆轲刺秦王那一段，到“图穷匕首见”时我真正为荆轲提心吊胆，接着到荆轲“左手把秦王之袖而右手持匕首揕之”时，我确实从自己的筋肉活动上体验到“持”和“揕”的紧张局面。以下一系列动作我也都不是冷静地用眼睛看到的，而是紧张地用筋肉感觉到的。我特别爱欣赏这段散文，大概这种强烈的筋肉感也起了作用，因此，我相信美感中有筋肉感这个重要因素。我还相信古代人、老年人、不大劳动的知识分子多属于冷静的旁观者，现代人、青年人、工人和战士多属于热烈的分享者。

审美的对象也有静态的和动态的两大类型。首先指出这个分别的是德国启蒙运动领袖莱辛。他在《拉奥孔》里指出诗和画的差异。画是描绘形态的，是运用线条和颜色的艺术，线条和颜色的各部分是在空间上分布平铺的，也就是处于静态的。诗是运用语言的艺术，是叙述动作情节的，情节的各部分是在时间上先后承续的，也就是处于动态的。就所涉及的感官来说，画要通过眼睛来接受，诗却要通过耳朵来接受。不过莱辛并不排除画也可化静为动，诗也可化美为媚。“媚”就是一种动态美。拿中国诗画为例来说，画一般是描绘静态的，可是中国画家一向把“气韵生动”“从神似求形似”“画中有诗”作为首要原则，都是要求画化静为动。诗化美为媚，就是把静止的形体美化为流动的动作美。《诗经·卫风》中有一章描绘美人的诗便是一个顶好的例：

> ……手如柔荑（嫩草），肤如凝脂（凝固的脂肪），领如蝤蛴（颈像蚕蛹），螓（一种虫）首蛾眉，齿如瓠犀（瓜子）；巧笑倩兮，美目盼兮！

前五句罗列头上各部分，用许多不伦不类的比喻，也没有烘托出一个美人来。最后两句突然化静为动，着墨虽少，却把一个美人的姿态神情完全描绘出来了。读前五句，我丝毫不起移情作用和内模仿，也不起美感；读后两句，我感到活跃的移情作用、内模仿和生动的美感。这就说明客观对象的性质在美感里确实会起重要的作用。同是一个故事情节写在诗里和写在散文里效果也不同。例如白居易的《长恨歌》和陈鸿的《长恨歌传》不同；同是一个故事情节写在一部小说或剧本里，和表演在舞台上或放映在电视里效果也各不相同，不同的观众也有见仁见智、见浅见深之别。

我唠叨了这半天，目的是要回答开头时所提的那几个问题。首先，美确实要有一个客观对象，要有“巧笑倩兮，美目盼兮”这样美人的客观存在。不过这种姿态可以由无数不同的美人表现出，这就使美的本质问题复杂化。其次，审美也确要有一个主体，美是价值，就离不开评价者和欣赏者。如果这种美人处在空无一人的大沙漠里，或一片漆黑的黑夜里，她的“巧笑倩兮，美目盼兮”能产生什么美感呢？凭什么能说她美呢？就是在闹市大白天里，千千万万人都看到她，都感到她同样美吗？老话不是说“情人眼底出西施”吗？不同的人不会见到不同的西施，具有不同的美感吗？

我们在前信已说明过在审美活动中主体和对象两方面的具体情况都极为复杂。我们当前的任务是先仔细调查和分析这些具体情况，还是急急忙忙先对美和美感的本质及其相互关系作出抽象的结论来下些定义呢？我不敢越俎代庖，就请诸位自己作出抉择吧！

文学作为语言艺术的独特地位

朋友们：

前此我们已屡次谈到，研究美学不能不懂点艺术，否则就会变成“空头美学家”，摸不着美学的门。艺术究竟是怎么回事呢？它有哪些门类？各门艺术之间有什么关系和差别？这些都是常识问题，但是懂透也颇不易。

“艺术”（Art）这个词在西文里本义是“人为”或“人工造作”。艺术与“自然”（现实世界）是对立的，艺术的对象就是自然。就认识观点说，艺术是自然在人的头脑里的“反映”，是一种意识形态；就实践观点说，艺术是人对自然的加工改造，是一种劳动生产，所以艺术有“第二自然”之称。自然也有“人性”的意思，并不全是外在于人的，也包括人自己和他的内心生活。人对自然为什么要加工改造呢？这问题也就是人为什么要劳动生产的问题。答案也很简单，劳动生产是为着适应人的物质生活和精神生活的需要，并且不断地日益改善和提高人的物质生活和精神生活。

一切艺术都要有一个创造主体和一个创造对象，因此，它就既要有人的条件，又要有物的条件。人的条件包括艺术家的自然资禀、人生经验和文化教养；物的条件包括社会类型、时代精神、民族特色、社会实况和问题，这些都是需要不断加工改造的对象；此外还要加上用来加工改造的工具和媒介（例如木、石、纸、帛、金属、塑料之类材料，造型艺术中的线条和颜色，音乐中的声音和乐器，文学中的语言之类媒介）。所以艺术既离不开人，也离不开物，它和美感一样，也是主客观的统一体。艺术和社会都在不断变化和改革中，经历着长期历史发展的过程。关于艺术的这些基本道理我们此前在学习马克思的《1844年经济学哲学手稿》和《资本论》、恩格斯的《自然辩证法》等经典著作的有关论述中已略见一斑了。

最常见的艺术门类是诗歌、音乐、舞蹈（三种在起源时是统一体），建筑、雕刻和绘画（合称“造型艺术”），戏剧、小说以及近代歌剧、哑剧和电影之类综合性艺术。这些艺术之间的分别和关系，自从莱辛的《拉奥孔》问世以来，一直是西方美学界研究和讨论的问题。德国美学家们一般把艺术分为“空间性的”和“时间性的”两大类。属于空间艺术的有建筑、雕刻和绘画，其功用主要是“状物”，或写静态，描绘在空间中直立和平铺并列的事物形状；所涉及的感官主要是视觉，所用的媒介主要是线条和颜色。属于时间艺术的主要有舞蹈、音乐、诗歌和一般文学，其功用主要是叙事抒情，写动态，描绘在时间上先后承续的事物发展过程，所涉及的感官较多，音乐较单纯，只涉及听觉和节奏感中筋肉运动感觉，舞蹈、诗歌和一般文学则视觉、听觉和筋肉运动感觉都要起作用。时间艺术在所用的媒介方面有一个值得重视的差异，这就是其他各种艺术的媒介如声音、线条、色彩之类都是感性的，即可凭感官直接觉察到的；至于文学则用语言为媒介，而语言中的文字却只是代表观念的一种符号，本身并无意义，例如"人"这一观念，各民族用来代表它的文字符号各不相同，英文用man，法文用hommo，德文用Mensch，单凭这种文字符号并不能直接显出"人"的感性形象，只能显出"人"的观念或意义，所以语言这种媒介不是感性的而是观念性的，也就是说，语言要通过符号（字音和字形）间接引起对事物的观念。这个分别黑格尔在他的《美学》里也经常提到。这个分别就是使文学作为语言艺术具有独特地位的首要原因。

其次一个原因是各种艺术都要具有诗意。"诗"（Poetry）这个词在西文里和"艺术"（Art）一样，本义是"制造"或"创作"，所以黑格尔认为诗是最高的艺术，是一切门类的艺术的共同要素。维柯派美学家克罗齐还认为语言本身就是艺术，美学实际上就是语言学。各门艺术虽彼此有别，毕竟有基本共同点。例如莱辛虽严格区分过诗和画的界限，我国却很早就有诗画同源说。大诗人往往同时是大画家，王维就是一个著例，苏轼说过："观摩诘之画，画中有诗；味摩诘之诗，诗中有画。”苏轼本人就同时擅长诗和画。有起源时诗歌、音乐和舞蹈本是三位一体的综合艺术，后来虽分道扬镳，仍是藕断丝连，例如在近代歌剧和电影乃至民间曲艺里，语言艺术都还是一个重要的组成部分。这些都足以见出文学作为语言艺术所占的独特地位。

文学的独特地位，还有一个浅而易见的原因。语言是人和人的交际工具，日常生活中谈话要靠它，交流思想感情要靠它，著书立说要靠它，新闻报道要靠它，宣传教育都要靠它。语言和劳动是人类生活的两大杠杆。任何人都不能不同语言打交道。不是每个人都会音乐、舞蹈、雕刻、绘画和演剧，但是除失聪和失语者以外，任何人都会说话，都会运用语言。有些人话说得好些，有些人话说得差些，话说得好就会如实地达意，使听者感到舒适，发生美感，这样的说话就成了艺术。说话的艺术就是最初的文学艺术。说话的艺术在古代西方叫作“修辞术”，研究说话艺术的科学叫作“修辞学”，和诗学占有同样重要的地位。古代西方美学绝大部分是诗学和修辞学，亚里士多德、朗吉努斯、贺拉斯、但丁和文艺复兴时代无数诗论家都可以为证，专论其他艺术的美学著作是寥寥可数的。我国的情况也颇类似，历来盛行的是文论、诗论、诗话和词话，中国美学资料大部分也要从这类著作里找。我们历来对文学的范围是看得很广的，例如《论语》《道德经》《庄子》《列子》之类哲学著作，《左传》《国语》《战国策》《史记》《汉书》之类史学著作，《水经注》《月令》《考工记》《本草纲目》《齐民要术》之类科学著作乃至某些游记、日记、杂记、书简之类日常小品都成了文学典范。过去对此曾有过争论，有人认为西方人把文学限为诗歌、戏剧、小说几种大类型比较科学，其实那些人根本不了解西方学界情况，如果他们翻看一下英国的《万人丛书》或牛津《古典丛书》的目录，或是一部较好的文学史，就会知道西方人也和我们一样把文学的范围看得很广的。

文学在各门艺术中既占有这样独特地位，它的媒介既是人人都在运用的语言，而它的范围又这样广阔，这些事实对我们有什么启发呢？我们每个人都在天天运用语言，接触到丰富多彩的社会生活，思想情感时时刻刻在动荡，所以既有了文学工具，又有了文学材料，那就不必妄自菲薄，只要努一把力，就有可能成为语言艺术家或文学家。当文学家并不是任何人的专利。在文学这门艺术方面有些实践经验，认识到艺术究竟是怎么一回事，有了这个结实基础，再回头研究美学，才能认清道路，不至暗中摸索，浪费时间。

每个人都可当文学家，不要把文学看作高不可攀。不过我在上文“只要努一把力”那个先决条件上加了着重符号，“怎样努力”这个问题就来了。文学各部门包括诗歌、戏剧和小说等的创作我都没有实践经验，关于这方面可以请教中外文学名著以及有关的理论著作，我不敢进什么忠告。我想请诸位特别注意的是语文的基本功。“工欲善其事，必先利其器”，语文就是文学的“器”。从我读到的青年文学家作品看，特别是从诸位向我表示决心要研究美学的许多来信看，多数人的语文基本功离理想还有些距离，用字不妥，行文不顺，生硬拖沓，空话连篇，几乎是常见的毛病。这也难怪诸位，从“四人帮”横行肆虐以来，我们都丧失了十几年的大好时光，没有按部就班地进行学习，而且学风和文风都遭到了败坏，我们耳濡目染的坏文章和坏作品也颇不少，相习成风，不以为怪。一些老作家除掉茅盾、叶圣陶、吕叔湘几位同志以外，也很少有人向我们号召要练语文基本功。我还记得20世纪30年代左右，夏丏尊、叶圣陶和朱自清几位同志在《一般》和《中学生》两种青年刊物中曾特辟出“文章病院”，把有语病的文章请进这个“病院”里加以诊断剖析。当时我初放弃文言文，学写语体文，从这个“文章病院”中几位名医的言教和身教中确实获得不少的教益，才认识到语体文也要字斟句酌，于是开始努力养成字斟句酌的习惯，现在回想到那些名医，还深心铭感。我希望热心语文教学的老师们多办些“文章病院”，多做些临床实习，使患病的恢复健康，未患病的知道预防。

我国有句老话：“熟读唐诗三百首，不会作诗也会吟。”过去我国学习诗文的人大半都从精选精读一些模范作品入手，用的是“集中全力打歼灭战”的办法，把数量不多的好诗文熟读成诵，反复吟咏，仔细揣摩，不但要懂透每字每句的确切意义，还要推敲出全篇的气势脉络和声音节奏，使它沉浸到自己的心胸和筋肉里，等到自己动笔行文时，于无意中支配着自己的思路和气势。这就要高声朗诵，只浏览默读不行。这是学文言文的长久传统，过去是行之有效的。现在学语体文是否还可以照办呢？从话剧和曲艺演员惯用的训练方法来看，道理还是一样的。我在外国大学学习语文时，看到外国同学乃至作家们也有下这种苦练功夫的。我还记得英国诗人哈罗德 · 孟罗在世时在大英博物馆附近开了一个专卖诗歌书籍的小书店，每周定期开朗诵会，请诗人们朗诵自己的作品，我在那里曾听过叶芝、艾理阿特、厄丁通等诗人的朗诵，深受教益，觉得朗诵会是好办法。20世纪30年代文学杂志社中一些朋友也在我的寓所里定期办过朗诵会，到抗日战争全面爆发才结束。朗读的不只是诗，也有散文，吸引了当时北京的一些青年作家，对他们也起了一些“以文会友”的观摩作用。现在广播电台里也有时举行这种朗诵会，颇受听众的欢迎。这种办法还值得推广，小型的文学团体也可以分途举办，它不但可提高文学的兴趣，也有助于语言的基本功。

语言基本功有多种多样的渠道，多注意一般人民大众的活的语言是一种，这是主要的；熟读一些文言的诗文也是一种，这两方面可说的甚多，现在不能详谈。“到处留心皆学问”，这就要靠各人自己去探索了。“勤学苦练”总是要联系在一起的，勤学重要，苦练则更重要。苦练就要勤写。为了谈一点写作练习，我特意把延安整风文件重温了一遍，特别是《反对党八股》那一篇。毛泽东同志对党八股的八大罪状申诉得极中肯，可谓“慨乎言之”。近三十多年来全国人民对这篇经典著作都在学习而又学习，获益当然不浅，可是就当前文风的实际情况来看，“党八股”似未彻底清除，可见端正文风真不是一件易事。目前每个练习写作的青少年在冲破禁区、解放思想方面还要痛下决心，“做老实人，说老实话”，努力开辟自己的道路，千万不要再做风派人物，“人云亦云”。希望就只有寄托在新起的一代人身上了，所以诸位对文艺方面的移风易俗负有重大责任。我祝愿有勇气提起这副重大责任的人越来越多，替我们的文艺迎来一个光明的前途！

毛泽东同志在《反对党八股》里还引了鲁迅复北斗杂志社一封信里所举的八条写文章的规则之中的三条，对青年作家是对症下药的，值得每个青年作家悬为座右铭：

> 第一条：留心各样的事情，多看看，不看到一点就写。
>
> 第二条：写不出的时候不硬写。
>
> 第四条：写完后至少看两遍，竭力将可有可无的字、句、段删去，毫不可惜。宁可将可作小说的材料缩成速写，绝不将速写材料拉成小说。

这三条都是作家的金科玉律，对于青年作家来说，第四条特别切合实际，要多作短小精悍的速写，不要一来就写长篇大作。我因此联想起德国青年爱克曼不畏长途跋涉，走向歌德求教，初到不久，歌德就谆谆教导他“不要写大部头作品”，说许多作家包括他自己在内都在“贪图写大部头作品上吃过苦头”，接着他就说出理由：

> 现实生活应该有表现的权利。诗人由日常现实生活触动起来的思想情感都要求表现，而且也应该得到表现。可是如果你脑子里老在想着写一部大部头的作品，此外一切都得靠边站，一切思虑都得推开，这样就要丧失掉生活本身的乐趣。……结果所获得的也不过是困倦和精力的瘫痪。反之，如果作者每天都抓住现实生活，经常以新鲜的心情来处理眼前事物，他就总可以写出一点好作品，即使偶尔不成功，也不会有多大损失。

歌德的这番话劝青年作家多就日常现实生活作短篇速写，和鲁迅的教导是不谋而合的。这是一种走向现实主义文艺道路的训练。特别是在现代繁忙生活中，每个人的时间都很宝贵，不容易抽出工夫去读“将速写拉成小说”的作品。速写不拉成小说，就要写得简练。我个人生平爱读的一部书是《世说新语》，语言既简练而意味又隽永，是典型的速写作品。刚才引的爱克曼的《歌德谈话录》也正是速写，可见速写也可以写出传世杰作，千万不要小看它。速写最大的方便在于无须费大力去搜寻题材，只要你听从鲁迅的第一条，“留心各样的事情，多看看”的教导，速写的材料在日常生活中就俯拾即是，记一次郊游，替熟悉的朋友画个像，记看一次电影的感想，记一次学习的心得体会，对当天报纸新闻发一点小议论，给不在面前的爱人写封情书，或是替身边的小朋友编个小童话，讲个小故事，不都行吗？如果你相信我，说到就做到，马上就开始练习速写吧？练习到三五年，你不愁不能写出文学作品，也不愁一些美学问题得不到解决。

浪漫主义和现实主义

朋友们：

浪漫主义和现实主义是一个极难谈而又不能不谈的问题。难谈，因为这两个词都是在近代西方才流行，而西方文艺史家对谁是浪漫主义派谁是现实主义派并没有一致的意见。例如司汤达和巴尔扎克都是公认的现实主义大师，而朗生在他的著名的《法国文学史》里，却把他们归到“浪漫主义小说”章，丹麦文学史家勃兰兑斯在他的名著《十九世纪文学主流》里也把这两位现实主义大师归到“法国浪漫派”。再如福楼拜还公开反对过人们把他尊为现实主义的主教：

> 大家都同意称为“现实主义”的一切东西都和我毫不相干，尽管他们要把我看作一个现实主义的主教。……自然主义者所追求的一切都是我所鄙弃的。……我所到处寻求的只是美。

值得注意的是福楼拜和一般法国人当时都把现实主义和自然主义看作一回事。以左拉为首的法国自然主义派也自认为是现实主义派。朗生在《法国文学史》里也把福楼拜归到“自然主义”卷里。我还想不起19世纪有哪一位大作家把“浪漫主义”或“现实主义”的标签贴在自己身上。

这问题难谈，还有涉及更实质性的一面，就是没有哪一位真正伟大的作家是百分之百的浪漫主义者或百分之百的现实主义者，实在很难在他们身上贴个名副其实的标签。关于这一点，高尔基在《我怎样学习写作》里说得最好：

> 在谈到像巴尔扎克、屠格涅夫、托尔斯泰、果戈理……这些古典作家时，我们就很难完全正确地说出——他们到底是浪漫主义者，还是现实主义者。在伟大的艺术家们身上，现实主义和浪漫主义好像永远是结合在一起的。

姑举莎士比亚和歌德这两位人所熟知的大诗人为例。莎士比亚是近代浪漫运动的一个很大的推动力，过去文学史家们常把他的戏剧看作和“古典型戏剧”相对立的“浪漫型戏剧”，而近来文学史家们却把莎士比亚尊为“伟大的现实主义者”。究竟谁是谁非呢？两说合起来看都对，分开来孤立地看，就都不对。可是我们的文学史家和批评家们在苏联的影响之下，往往把现实主义和浪漫主义割裂开来，随意在一些伟大的作家身上贴上片面的标签。而且由于客观主义在我们中间有较广泛的市场，现实主义又错误地和客观主义混淆起来，因而就比主观色彩较浓的浪漫主义享有较高的荣誉。只要是个大作家，哪怕浪漫主义色彩很浓的诗人，例如拜伦、雪莱和普希金，都成了只是现实主义者，他们的浪漫主义的一面就硬被抹煞掉了。这是对历史事实的歪曲，在读者中容易滋生误解。所以这个难问题还不能不谈。

浪漫主义和现实主义的区分，作为文艺流派和作为创作方法，是应该分别清楚的。作为创作方法，它适用于各个时代和各个民族；作为文艺流派，它只限于18世纪末到19世纪末的一个短暂的时间。过去西方常谈的是古典主义和浪漫主义，很少谈浪漫主义和现实主义，歌德就是一个著例。他在一九八〇年三月二十一日这样说过：

> 古典诗和浪漫诗的概念现已传遍全世界，引起许多争执和分歧。这个概念起源于席勒和我两人。我主张诗应采取从客观世界出发的原则，认为只有这种创作方法才可取。但是席勒却用完全主观的方法去写作，认为只有他那种创作方法才是正确的。为了针对我来为他自己辩护，席勒写了一篇论文，题为《论素朴的诗和感伤的诗》。他想向我证明：我违反了自己的意志，实在是浪漫的，说我的

《伊菲革涅亚》由于情感占优势，并不是古典的或符合古代精神的，如某些人所相信的那样。施莱格尔弟兄抓住这个看法把它加以发挥，因此它就在世界传遍了，目前人人都在谈古典主义和浪漫主义，这是五十年前没有人想得到的区别。

——爱克曼《歌德谈话录》

这是涉及本题的最早的也是最重要的文献。歌德本人是标榜古典主义者，而依他的说明，古典主义“从客观世界出发”，所以就是现实主义。席勒“完全用主观的方法”创作，所以是走浪漫主义道路的。

歌德所谈到的席勒的长篇论文对本题也特别重要。席勒从人与自然的关系来区别古典诗（素朴的诗）与浪漫诗（感伤的诗）。他认为在希腊古典时代，人与自然一体，共处相安，人只消把自然加以人化或神化，就产生素朴的诗；近代人已与自然分裂，眷念人类童年（古代）的素朴状态，就想“回到自然”，已去者不可复返，于是心情怅惘，就产生感伤的诗。素朴诗人所反映的是直接现实，感伤诗人却表现由现实提升上去的理想。依席勒看，古典主义和浪漫主义的对立就是现实主义与理想主义的对立。古典主义就是现实主义，这是他和歌德一致的；现实主义就是理想主义，这却是他的独特的看法。值得特别注意的是席勒在这篇论文里第一次在文艺上用了“现实主义”这个词（过去只用于哲学）。

无论是歌德还是席勒，都把浪漫主义和古典主义（实即现实主义）当作文艺创作方法来看，还没有把它们当作文艺流派来看，因为当时流派还没有正式形成。从历史发展看，浪漫运动起来较早，是西方资产阶级上升时期个人自由和自我扩张的思想的反映，是政治上对封建领主和基督教会联合统治的反抗，文艺上对法国新古典主义的反抗。这次反抗运动是由法国启蒙运动掀起的，继起的法国大革命又对它增加了巨大推动力，德国唯心主义哲学对它也起了很大的影响。德国古典哲学（包括美学）本身就是思想领域的浪漫运动。单就美学来说，康德、黑格尔和席勒等人对崇高、悲剧性、天才、自由和个性特征的研究，特别是把文艺放在历史发展的大轮廓里去看的初步尝试，都起了解放思想的作用，提高了人的尊严，深化了人们对于文艺的理解和敏感。由于德国古典哲学是唯心的，把精神和物质的关系首尾倒置，而且把主观能动性摆在不恰当的高度，放纵情感，驰骋幻想，到了漫无约束的程度，产生了史雷格尔所吹嘘的“浪漫式的滑稽态度”，把世间一切看作诗人凭幻想任意摆弄的玩具。

浪漫主义又可分积极的和消极的两派。这个分别是首先由高尔基在《我怎样学习写作》里指出的：

在浪漫主义里面，我们也必须分别清楚两个极端不同的倾向：一个是消极的浪漫主义——它或则是粉饰现实，想使人和现实妥协；或则是使人逃避现实，堕入自己内心世界的无益的深渊中去，堕入“人生命运之谜”，爱与死等思想去……（另一个是）积极的浪漫主义，则企图加强人的生活意志，唤起人心中对现实及其一切压迫的反抗心。

从此可见，这两种倾向的差别主要是人生观和政治立场的差别，有它的阶级内容。这当然是正确的，资产阶级文学史家们一般蔑视这种分别，是为着要掩盖社会矛盾，为现存制度服务。不过这个分别也不宜加以绝对化，积极的浪漫主义派往往也有消极的一面，消极的浪漫派往往也有积极的一面，应就具体情况作具体分析。例如在英国多数人眼中，在华兹华斯、雪莱和拜伦这三位浪漫派诗人之中，华兹华斯的地位最高，其次才是雪莱和拜伦，可是由于我们的文学史家们把雪莱和拜伦摆在积极的浪漫主义派，甚至摆在现实主义派，把华兹华斯摆在消极的浪漫主义派，甚至一棍子打死，根本不提，这不见得是公允的，或符合马克思主义的。

现实主义作为流派，单就起源来说，在西方比浪漫运动较迟，它反映资本主义社会弊病日益显露，资产阶级的幻想开始破灭。科学随工商业的发达所带来的唯物主义和实证主义对它也起了作用。它本身是对于浪漫运动的一种反抗。它不像浪漫运动开始时那样大吹大擂，而是静悄悄地登上历史舞台的。就连现实主义的称号比起现实主义流派的实际存在还更晚。上文提到的席勒初次使用的“现实主义”指希腊古典主义，与近代现实主义流派不是一回事。作为流派而得到“现实主义”这个称号是在一八五〇年，一位并不出名的法国小说家向佛洛里（Chamflaury），与法国画家库尔柏（Courbet）和多弥耶（Daumier）等人办了一个以*Réalisme*（现实主义）为名的刊物。他们倒提出了一个口号：“不美化现实”，显然受到荷兰画家伦勃朗等人（惯画平凡的甚至丑陋的老汉、村妇或顽童）的画风的影响。当时不但浪漫运动已过去，就连现实主义的一些西欧大师也已完成了他们的杰作，不可能受到这个只办了六期的“现实主义”刊物的影响。

对现实主义文艺提供理论基础的有两种著作值得一提。一种是司汤达的论文《拉辛和莎士比亚》，这部著作被某些文学史家称为“现实主义作家宣言”，其实它的主旨是攻击新古典主义代表拉辛而推尊“浪漫型戏剧”开山祖莎士比亚的。他的名著《红与黑》的浪漫主义色彩也还很浓。另一种是实证主义派丹纳的《艺术哲学》。丹纳是应用心理学和社会学来研究美学的一位先驱，代表作是《论智力》，已为《艺术哲学》打下基础。他的基本观点是文艺的决定因素不外种族、环境（他所谓“社会圈子”）和时机三种。他还认为文艺要表现人类长久不变的本质特征，而人性中对社会最有益的特征是孔德所宣扬的爱。不过丹纳的主要著作都在19世纪后半期才出版，也不能看作现实主义者预定的纲领。

法国人向来把现实主义叫作“自然主义”。不过法国以外的文学史家们一般却把现实主义和自然主义严格分开，而且“自然主义”多少已成为一个贬词，成为现实主义的尾巴或庸俗化。它在法国的开山祖和主要代表是左拉，他把实证科学过分机械地搬到小说创作里去。他很崇拜贝尔纳的《实验医学研究导论》，于是就企图运用这位医师的方法来建立所谓“实验小说”。他说：

> 在每一点上我都要把贝尔纳做靠山。我一般只消把“小说家”这个名称来代替“医生”这个名称，以便把我的思想表达清楚，使它具有科学真理的精确性。
>
> ——《实验小说》

这里所说的“科学真理的精确性”，实际上是指自然现象细节的真实性，而不要求抓住客观事物的本质。左拉在他的《卢贡家族的家运》里对一个家族及其所住的小镇市作了一百几十页的烦琐描述，可以为证。自然现象细节的真实性并不等于客观事物的本质和典型化。真正的现实主义所要求的是从具体客观事物出发，去伪存真，去粗取精，对客观事物加以典型化或理想化，显出客观事物的本质和规律，而自然主义虽然也从具体客观事物出发，却满足于依样画葫芦，特别侧重浮面现象的细节。这是现实主义和自然主义的基本分歧。

谈到现实主义，还要说明一下文学史家们所惯用的一个名词——“批判现实主义”。首创这个名词的是高尔基。他在一次和青年作家的谈话中，把近代现实主义作家称为资产阶级的“浪子”，指出他们用的是批判现实主义，其特点是：

……除了揭发社会恶习，描写家族传统，宗教教条和法规压制下的个人的生活和冒险外，它不能给人指出一条出路，它很容易地安于现状。

这是不是说批判现实主义是现实主义流派中一个支派呢？恐怕不能这样看。18、19世纪的现实主义大师们一般都是“资产阶级浪子”，都起了“揭发社会恶习”的作用，却也都没有“指出一条出路”！高尔基正是在肯定他们的功绩时，指出了他们的缺陷。

从上文所谈的可以看出：现实主义和浪漫主义作为流派与作为创作方法虽有联系，却仍应区别开来。作为流派，它在西方限于18世纪末期到19世纪末期，不过有一百年左右的历史。这是特定社会民族的特定时期的历史产物，我们不应把这种作为某一民族、某一时期流派的差别加以普遍化，把它生硬地套到其他时代的其他民族的文艺上去。可是在我们的文学史家们之中，这种硬套办法还很流行，说某某作家是浪漫主义派，某某作家是现实主义派。作为创作方法，任何民族在任何时期都可以有侧重现实主义与侧重浪漫主义之分。像歌德和席勒等人早就说过的，现实主义从客观现实世界出发，抓住其中本质特征，加以典型化；浪漫主义侧重从主观内心世界出发，情感和幻想较占优势。这两种创作方法的基本区别倒是普遍存在的。亚里士多德在《诗学》第二十五章就已指出三种不同的创作方法：

> 像画家和其他形象创造者一样，诗人既然是一种模仿者，他就必然在三种方式中选择一种去模仿事物：按照事物本来的样子去模仿，按照事物为人所说所想的样子去模仿，或是照事物的应当有的样子去模仿。

这三种之中第二种专指神话传说的创作方法，暂且不谈，第一种“按照事物本来的样子去模仿”便是现实主义，第三种“照事物应当有的样子去模仿”，从前一般叫作“理想主义”，也可以说就是浪漫主义，因为“理想”仍是人们主观方面的因素。

不过过去人们虽早已看出这种分别，却没有在这上面大做文章。等到18、19世纪作为流派的浪漫主义和现实主义各树一帜，互相争执，于是原先只是自在的分别便变成自觉的分别了。文艺史家和批评家抓住这个分别来检查过去文艺作品，也就把它们分派到两个对立的阵营中去了。例如有人说在荷马的两部史诗之中，《伊利亚特》是现实主义的，而《奥德赛》却是浪漫主义的，并且有人因此断定《奥德赛》的作者不是荷马而是一位女诗人，大概是因为女子较富于浪漫气息吧？

我个人仍认为两种创作方法虽然是客观存在，却不宜过分渲染，使旗帜那样鲜明对立。我还是从主客观统一的观点来看待这个问题。诗是反映客观事物的，而反映客观事物却要通过进行创作的诗人，这里有人有物，有主体，有客体，缺一不行。这问题的正确答案还是所引过的高尔基的那段话，不妨重复一下其中关键性的一句：

> 在伟大的艺术家们身上，现实主义和浪漫主义好像永远是结合在一起的。

高尔基曾指责批判现实主义“不能给人指出一条出路”，出路何在？当然在革命。所以在我们的社会主义时代，我还是坚信毛泽东同志的“革命的现实主义与革命的浪漫主义相结合”的主张。是否随苏联提“社会主义现实主义”较好呢？我还没有想通，一、为什么单提现实主义而不提浪漫主义呢？二、如果涉及过去文艺史，是否也应在“现实主义”之上安一个“奴隶社会”“封建社会”或“资本主义”的帽子呢？对这个问题我才开始研究，还不敢下结论。这也是一个重要问题，请诸位也分途研究一下。

谈修养

散文精读·朱光潜 >>

谈立志

抗日战争以前与抗日战争以来的青年心理有一个很显然的分别：抗日战争以前，普通青年的心理状态是烦闷；抗日战争以来，普通青年的心理状态是消沉。烦闷大半起于理想与事实的冲突。在抗日战争以前，青年对于自己前途有一个理想，要有一个很好的环境求学，再有一个很好的职业做事；对于国家民族也有一个理想，要把侵略的外力打倒，建设一个新的社会秩序。这两种理想在当时都似很不容易实现，于是他们急躁不耐烦，失望，以至于苦闷。抗日战争发生时，我们民族毅然决然地拼全副力量来抵挡侵略的敌人，青年们都兴奋了一阵，积压许久的郁闷为之一畅。但是这种兴奋到现在似已逐渐冷静下去，国家民族的前途比从前光明，个人求学就业也比从前容易，虽然大家都硬着脖子在吃苦，可是振作的精神似乎很缺乏。在学校的学生们对功课很敷衍，出了学校就职业的人们对事业也很敷衍，对于国家大事和世界政局没有像从前那样关切。这是一个很可忧虑的现象，因为横在我们面前的还有比抗敌更艰难的局面，需要更坚决更沉着的努力来应付，而我们青年现在所表现的精神显然不足以应付这种艰难的局面。

如果换个方式来说，从前的青年人病在志气太大，目前的青年人病在志气太小，甚至于无志气。志气太大，理想过高，事实迎不上头来，结果自然是失望烦闷；志气太小，因循苟且，麻木消沉，结果就必至于堕落。所以我们宁愿青年烦闷，不愿青年消沉。烦闷至少是对于现实的欠缺还有敏感，还可以激起努力，消沉对于现实的欠缺就根本麻木不仁，绝不会引起改善的企图。但是说到究竟，烦闷之于消沉也不过是此胜于彼，烦闷的结果往往是消沉，犹如消沉的结果往往是堕落。目前青年的消沉与前五六年青年的烦闷似不无关系。烦闷是耗费心力的，心力耗费完了，连烦闷也不曾有，那便是消沉。

一个人不会生来就烦闷或消沉的，因为人都有生气，而生气需要发扬，需要活动。有生气而不能发扬，或是活动遇到阻碍，才会烦闷和消沉。烦闷是感觉到困难，消沉是无力征服困难而自甘失败。这两种心理病态都是挫折以后的反应。一个人如果经得起挫折，就不会起这种心理状态。所谓经不起挫折，就是没有决心和勇气，就是意志薄弱。意志薄弱经不起挫折的人往往有一套自宽自解的话，就是把所有的过错都推诿到环境。明明是自己无能，而埋怨环境不允许我显本领；明明是自己甘心做坏人，而埋怨环境不允许我做好人。这其实是懦夫的心理，对于自己全不肯负责任。环境永远不会美满的，万一它生来就美满，人的成就也就无甚价值。人之所以可贵，就在于他不像猪豚，被饲而肥，他能够不安于污浊的环境，拿力量来改变它、征服它。

普通人的毛病在责人太严，责己太宽。埋怨环境还由于缺乏自省自责的习惯。自己的责任必须自己担当起，成功是我的成功，失败也是我的失败。每个人是他自己的造化主，环境不足畏，犹如命运不足信。我们的民族需要自力更生，我们每个人也是如此。我们的青年必须先有这种觉悟，个人和国家民族的前途才有希望。能责备自己，信赖自己，然后自己才会打出一个江山来。

我们有一句老话："有志者事竟成。"这话说得很好，古今中外在任何方面经过艰苦奋斗而成功的英雄豪杰都可以做例证。志之成就是理想的实现。人为的事实都必基于理想，没有理想绝不能成为人为的事实。譬如登山，先须存念头去登，然后一步一步地走上去，最后才会到达目的地。如果根本不起登的念头，登的事实自无从发生。这是浅例。世间许多行尸走肉浪费了他们的生命，就因为他们对于自己应该做的事不起念头。许多以教育为事业的人根本不起念头去研究，许多以政治为事业的人根本不起念头为国民谋幸福。我们的文化落后，社会紊乱，不就由于这个极简单的原因么？这就是上文所谓"消沉""无志气"。"有志者事竟成"，无志者事就不成。

不过"有志者事竟成"一句话也很容易发生误解，"志"

字有几种意义：一是念头或愿望（wish），一是起一个动作时所存的目的（purpose），一是达到目的的决心（will，determination）。譬如登山，先起登的念头，次要一步一步地走，而这走必步步以登为目的，路也许长，障碍也许多，须抱定决心，不达目的不止，然后登的愿望才可以实现，登的目的才可以达到。“有志者事竟成”的“志”，须包含这三种意义在内：第一要起念头，其次要认清目的和达到目的之方法，第三是抱必达目的之决心。很显然的，要事之成，其难不在起念头，而在目的之认识与达到目的之决心。

有些人误解立志只是起念头。一个小孩子说他将来要做大总统，一个乞丐说他成了大阔佬要砍他的仇人的脑袋，所谓“癞蛤蟆想吃天鹅肉”，完全不思量达到这种目的所必有的方法或步骤，更不抱定循这方法步骤去达到目的之决心，这只是狂妄，不能算是立志。世间有许多人不肯学乘除加减而想将来做算学的发明家，不学军事学当兵打仗而想将来做大元帅东征西讨，不切实培养学问技术而想将来做革命家改造社会，都是犯这种狂妄的毛病。

如果以起念头为立志，则有志者事竟不成之例甚多。愚公尽可移山，精卫尽可填海，而世间却实有不可能的事情。我们必须承认“不可能”的真实性。所谓“不可能”，就是俗语所谓“没有办法”，没有一个方法和步骤去达到所悬想的目的。没有认清方法和步骤而想达到那个目的，那只是痴想而不是立志，志就是理想，而理想的理想必定是可实现的理想。理想普通有两种意义，一是“可望而不可攀，可幻想而不可实现的完美”，比如许多宗教都以长生不老为人生理想，它成为理想，就因为事实上没有人长生不老。理想的另一意义是“一个问题的最完美的答案”，或是“可能范围以内的最圆满的解决困难的办法”。比如长生不老虽非人力所能达到，而强健却是人力所能达到的，就人的能力范围来说，强健是一个合理的理想。这两种意义的分别在一个蔑视事实条件，一个顾到事实条件；一个渺茫无稽，一个有方法步骤可循。严格地说，前一种是幻想、痴想而不是理想，是理想都必顾到事实。在理想与事实起冲突时，错处不在事实而在理想。我们必须接受事实，理想与事实背驰时，我们应该改变理想。坚持一种不合理的理想而至死不变只是匹夫之勇，只是“猪武”。我特别着重这一点，因为有些道德家在盲目地说坚持理想，许多人在盲目地听。

我们固然要立志，同时也要度德量力。卢梭在他的教育名著《爱弥儿》里有一段很透辟的话，大意是说人生幸福起于愿望与能力的平衡。一个人应该从幼时就学会在自己能力范围以内起愿望，想做自己所能做的事，也能做自己所想做的事。这番话出诸浪漫色彩很深的卢梭尤其值得我们玩味。卢梭自己有时想入非非，因此吃过不少的苦头，这番话实在是经验之谈。许多烦闷，许多失败，都起于想做自己所不能做的事，或是不能做自己所想做的事。

志气成就了许多人，志气也毁坏了许多人。既是志，实现必不在目前而在将来。许多人拿立志远大作借口，把目前应做的事延宕贻误。尤其是青年们欢喜在遥远的未来摆一个黄金时代，把希望全寄托在那上面，终日沉醉在迷梦里，让目前宝贵的时光与机会错过，徒贻后日无穷之悔。我自己从前有机会学希腊文和意大利文时，没有下手，买了许多文法读本，心想到四十岁左右时当有闲暇岁月，许我从容自在地自修这些重要的文字，现在四十过了几年了，看来这一生似不能与希腊文和意大利文有缘分了，那箱书籍也恐怕只有摆在那里霉烂了。这只是一例，我生平有许多事叫我追悔，大半都像这样“志在将来”而转眼即空空过去。“延”与“误”永是连在一起，而所谓“志”往往叫我们由“延”而“误”。所谓真正立志，不仅要接受现在的事实，尤其要抓住现在的机会。如果立志要做一件事，那件事的成功尽管在很远的将来，而那件事的发动必须就在目前一顷刻。想到应该做，马上就做，不然，就不必发下一个空头愿。发空头愿成了一个习惯，一个人就会永远在幻想中过活，成就不了任何事业，听说抽鸦片烟的人想头最多，意志力也最薄弱。老是在幻想中过活的人在精神方面颇类似烟鬼。

我在很早的一篇文章里提出我个人做人的信条，现在想起，觉得其中仍有可取之处，现在不妨趁此再提出供读者参考。我把我的信条叫作“三此主义”，就是此身，此时，此地。一、此身应该做而且能够做的事，就得由此身担当起，不推诿给旁人。二、此时应该做而且能够做的事，就得在此时做，不拖延到未来。三、此地（我的地位，我的环境）应该做而且能够做的事，就得在此地做，不推诿到想象中的另一地位去做。

这是一个极现实的主义。本分人做本分事，脚踏实地，丝毫不带一点浪漫情调。我相信如果我们能够彻底地照着做，不至于很误事。西谚说得好："手中的一只鸟，值得林中的两只鸟。"许多"有大志"者往往为着觊觎林中的两只鸟，让手中的一只鸟安然逃脱。

谈学问

这是一个大题目，不易谈；因为许多人对它有很大的误解，却又不能不谈。最大的误解在把学问和读书看成一件事。子弟进学校不说是“求学”而说是“读书”，学子向来叫作“读书人”，粗通外国文者在应该用“学习”（learn）或“治学”（study）等字时常用“阅读”（read）来代替。这种传统观念的错误影响到我国整个教育的倾向。各级学校大半把教育缩为知识传授，而知识传授的途径就只有读书，教员只是“教书人”。这种错误的观念如果不改正，教育和学问恐怕就没有走上正轨的希望。如果我们稍加思索，它也应该不难改正。学是学习，问是追问。世间可学习可追问的事理甚多，知识技能须学问，品格修养也还须学问；读书人须学问，农工商兵也还须学问，各行有各行的“行径”。学问是任何人对于任何事理，由不知求知、由不能求能的一套功夫。它的范围无限，人生一切活动，宇宙一切现象和真理，莫不包含在内。学问的方法甚多。人从堕地出世，没有一天不在学问。有些学问是由仿效得来的，也有些学问是由尝试、思索、体验和涵养得来的。读书不过是学问的方法之一种，它当然很重要，却并非唯一的。朱子教门徒，一再申说“读书乃学者第二事”。有许多读书人实在并非在做学问，也有许多实在做学问的人并不专靠读书，制造文字——书的要素——是一种绝大学问，而首先制造文字的人就根本无书可读。许多其他学问都可由此类推。子路的“何必读书然后为学”一句话本身并不错，孔子骂他，只是讨厌他说这话的动机在辩护让一个青年学子去做官，也并没有说它本身错。

一般人常埋怨现在青年对于学问没有浓厚的兴趣。就个人任教的经验说，我也有这样的观感。平心而论，这大半要归咎我们“教书人”。把学问看成“教书”“读书”这一错误的观念如果不全是我们养成的，至少我们未曾设法纠正。而且我们自己又没有好生学问，给青年学子树一个好榜样，可以激励他们的志气，提起他们的兴趣。此外，社会上一般人对于学问的性质和功用所存的误解也不无关系。近代西方学者常把纯理的学问和应用的学问分开，以为治应用的学问是有所为而为，治纯理的学问是无所为而为。他们怕学问全落到应用一条窄路上，尝设法替无所为而为的学问辩护，说它虽“无用”，却可满足人类的求知欲。这种用心很可佩服，而措辞却不甚正确。学问起于生活的需要，世间绝没有一种学问无用，不过“用”的意义有广狭之别。学得一种学问，就可以有一种技能，拿它来应用于实际事业，如学得数学几何三角就可以去算账、测量、建筑、制造机械，这是最正常的“用”字的狭义。学得一点知识技能，就混得一种资格，可以谋一个职业，解决饭碗问题，这是功利主义的“用”字的狭义。但是学问的功用并不仅如此，我们甚至可以说，学问的最大功用并不在此。心理学者研究智力，有普通智力与特殊智力的分别；古人和今人品题人物，都有通才与专才的分别。学问的功用也可以说有“通”有“专”。治数学即应用于计算数量，这是学问的专用；治数学而变成一个思想缜密、性格和谐、善于立身处世的人，这是学问的通用。学问在实际上确有这种通用。就智慧说，学问是训练思想的工具。一个真正有学问的人必定知识丰富，思想锐敏，洞达事理，处任何环境，知道把握纲要、分析条理、解决困难。就性格说，学问是道德修养的途径。苏格拉底说得好，“知识即德行”。世间许多罪恶都起于愚昧，如果真正彻底明了一件事是好的，另一件事是坏的，一个人绝不会睁着眼睛向坏的方面走。中国儒家讲学问，素来全重立身行己的功夫，一个学者应该是一个圣贤，不仅如现在所谓“知识分子”。

现在所谓“知识分子”的毛病在只看到学的狭义的“用”，尤其是功利主义的“用”。学问只是一种干禄的工具。我曾听到一位教授在编成一部讲义之后，心满意足地说：“一生吃着不尽了！”我又曾听到一位朋友劝导他的亲戚不让刚在中学毕业的儿子去就小事说：“你这种办法简直是吃稻种！”

许多升学的青年实在只为着要让稻种发生成大量谷子，预备“吃着不尽”。所以大学里“出路”最广的学系如经济系、机械系之类常是拥挤不堪，而哲学系、数学系、生物学系诸“冷门”，就简直无人问津。治学问根本不是为学问本身，而是为着它的出路销场，在治学问时既是“醉翁之意不在酒”，得到出路销场后当然更是“得鱼忘筌”了。在这种情形之下的我们如何能期望青年学生对于学问有浓厚的兴趣呢？

这种对于学问功用的窄狭而错误的观念必须及早纠正。生活对于有生之伦是唯一的要务，学问是为生活。这两点本是天经地义。不过现代中国人的错误在把“生活”只看成口腹之养。“谋生活”与“谋衣食”在流行语中是同一意义。这实在是错误得可怜可笑。人有肉体，有心灵。肉体有它的生活，心灵也应有它的生活。肉体需要营养，心灵也不能“辟谷”。肉体缺乏营养，必自酿成饥饿病死；心灵缺乏营养，自然也要干枯腐化。人为万物之灵，就在他有心灵或精神生活。所以测量人的成就并不在他能否谋温饱，而在他有无丰富的精神生活。一个人到了只顾衣食饱暖而对于真善美漫不感觉兴趣时，他就只能算是一种“行尸走肉”，一个民族到了只顾体肤需要而不珍视精神生活的价值时，它也就必定逐渐没落了。

学问是精神的食粮，它使我们的精神生活更加丰富。肚皮装得饱饱的，是一件乐事，心灵装得饱饱的，是一件更大的乐事。一个人在学问上如果有浓厚的兴趣，精深的造诣，他会发现万事万物各有一个妙理在内，他会发现自己的心涵蕴万象，澄明通达，时时有寄托，时时在生展，这种人的生活绝不会干枯，他也绝不会做出卑污下贱的事。《论语》记颜子“一箪食，一瓢饮，在陋巷，人不堪其忧，回也不改其乐”。孔子赞他“贤”，并不仅因为他能安贫，尤其因为他能乐道，换句话说，他有极丰富的精神生活。宋儒教人体会颜子所乐何在，也恰抓着紧要处，我们现在的人不但不能了解这种体会的重要，而且把它看成道学家的迂腐。这在民族文化上是一个极严重的病象，必须趁早设法医治。

中国语中“学”与“问”连在一起说，意义至为深妙，比西文中相当的译词如learning、study、science诸字都好得多。人生来有向上心，有求知欲，对于不知道的事物欢喜发疑问。对于一种事物发生疑问，就是对于它感觉兴趣。既有疑问，就想法解决它，几经摸索，终于得到一个答案，于是不知道的变为知道的，所谓“一旦豁然贯通”，这便是学有心得。学原来离不掉问，不会起疑问就不会有学。许多人对于一种学问不感觉兴趣，原因就在那种学问对于他们不成问题，没有什么逼得他们要求知道。但是学问的好处正在原来有问题的可以变成没有问题，原来没有问题的也可以变成有问题。前者是未知变成已知，后者是发现貌似已知究竟仍为未知。比如说逻辑学，一个中学生学过一年半载，看过一部普通教科书，觉得命题、推理、归纳、演绎之类都讲得妥妥帖帖，了无疑义。可是他如果进一步在逻辑学上面下一点研究功夫，便会发现他从前认为透懂的几乎没有一件不成为问题，没有一件不曾经许多学者辩论过。他如果再更进一步去探讨，他会自己发现许多有趣的问题，并且觉悟到他自己一辈子也不一定能把这些问题都解决得妥妥帖帖。逻辑学是一科比较不幼稚的学问，犹且如此，其他学问更可由此类推了。一个人对于一种学问如果肯钻进里面去，必须使有问题的变为没有问题（这便是问），疑问无穷，发现无穷，兴趣也就无穷。学问之难在此，学问之乐也就在此。一个人对于一种学问说是不感兴趣，那只能证明他不用心，不努力下功夫，没有钻进里面去。世间绝没有自身无兴趣的学问，人感觉不到兴趣，只由于人的愚昧或懒惰。

学与问相连，所以学问不只是记忆而必是思想，不只是因袭而必是创造。凡是思想都是由已知推未知，创造都是旧材料的新综合，所以思想究竟须从记忆出发，创造究竟须从因袭出发。由记忆生思想，由因袭生创造，犹如吸收食物加以消化之后变为生命的动力。食而不化固然是无用，不食而求化也还是求无中生有，向来论学问的话没有比孔子的“学而不思则罔，思而不学则殆”两句更为精深透辟。学原有“效”义，研究儿童心理学者都知道学习大半基于因袭或模仿。这里所谓“学”是偏重吸收前人已有的知识和经验。思是自己运用脑筋，一方面求所学得的能融会贯通，井然有序；一方面由疑难启发新知识与新经验。一般学子有两种通弊。一种是聪明人所常犯着的，他们过于相信自己的思考力而忽略前人的成就。其实每种学问都有长久的历史，其中每一个问题都曾经许多人思虑过，讨论过，提出过种种不同的解答，你必须明白这些经过，才可以利用前人的收获，免得绕弯子甚至于走错路。比如说生物学上的遗传问题，从前雷马克、达尔文、魏意斯曼、孟德尔诸大家已经做过许多实验，得到许多观察，用过许多思考。假如你对于他们的工作茫无所知或是一笔抹煞，只凭你自己的聪明才力来解决遗传问题，这岂不是狂妄？世间这种“思而不学”的人正甚多，他们不知道这种凭空构造的“殆”。另外一种通弊是资质较钝而肯用功的人所常犯的。他们一味读死书，古人所说的无论正确不正确，都不分青红皂白地接受过来，吟咏赞叹，自己毫不用思考求融会贯通，更没有一点冒险的精神，自己去求新发现，这是学而不思，孔子对于这种办法所下的评语是“罔”，意思就是说无用。

学问全是自家的事。环境好、图书设备充足、有良师益友指导启发，当然有很大的帮助。但是这些条件具备不一定能保障一个人在学问上有成就，世间也有些在学问上有成就的人并不具这些条件。最重要的因素是个人自己的努力。学问是一件艰苦的事，许多人不能忍耐它所必经的艰苦。努力之外，第二个重要的因素是认清方向与门径。入手如果走错了路，愈努力则入迷愈深，离题愈远。比如学写字、诗文或图画，一走上庸俗恶劣的路，后来如果想把它丢开，比收覆水还更困难，习惯的力量比什么都较沉重，世上有许多人像在努力做学问，只是陷入“野狐禅”，高自期许而实荒谬绝伦，这个毛病只有良师益友可以挽救。学校教育，在我想，只有两个重要的功用：第一是启发兴趣，其次就是指点门径。现在一般学校不在这两方面努力，只尽量灌输死板的知识。这种教育对于学问不仅无裨益而且是障碍！

谈读书

十几年前我曾经写过一篇短文谈读书，这问题实在是谈不尽，而且这些年来我的见解也有些变迁，现在再就这问题谈一回，趁便把上次谈学问有未尽的话略加补充。

学问不只是读书，而读书究竟是学问的一个重要途径。因为学问不仅是个人的事而且是全人类的事，每科学问到了现在的阶段，是全人类分途努力日积月累所得到的成就，而这成就还没有淹没，就全靠有书籍记载流传下来。书籍是过去人类的精神遗产的宝库，也可以说是人类文化学术前进轨迹上的里程碑。我们就现阶段的文化学术求前进，必定根据过去人类已得的成就做出发点。如果抹煞过去人类已得的成就，我们说不定要把出发点移回到几百年前甚至几千年前，纵然能前进，也还是开倒车落伍。读书是要清算过去人类成就的总账，把几千年的人类思想经验在短促的几十年内重温一遍，把过去无数亿万人辛苦获来的知识教训集中到读者一个人身上去受用。有了这种准备，一个人总能在学问途程上作万里长征，去发现新的世界。

历史愈前进，人类的精神遗产愈丰富，书籍愈浩繁，而读书也就愈不易。书籍固然可贵，却也是一种累赘，可以变成研究学问的障碍。它至少有两大流弊。首先，书多易使读者不专精。我国古代学者因书籍难得，皓首穷年才能治一经，书虽读得少，读一部却就是一部，口诵心惟，咀嚼得烂熟，透入身心，变成一种精神的原动力，一生受用不尽。现在书籍易得，一个青年学者就可夸口曾过目万卷，“过目”的虽多，“留心”的却少，譬如饮食，不消化的东西积得愈多，愈易酿成肠胃病，许多浮浅虚骄的习气都由耳食肤受所养成。其次，书多易使读者迷方向。任何一种学问的书籍现在都可装满一图书馆，其中真正绝对不可不读的基本著作往往不过数十部甚至于数部。许多初学者贪多而不务得，在无足轻重的书籍上浪费时间与精力，就不免把基本要籍耽搁了；比如学哲学者尽管看过无数种的哲学史和哲学概论，却没有看过一种柏拉图的《对话集》，学经济学者尽管读过无数种的教科书，却没有看过亚当 · 斯密的《原富》。做学问如作战，须攻坚挫锐，占住要塞。目标太多了，掩埋了坚锐所在，只东打一拳，西踏一脚，就成了“消耗战”。

读书并不在多，最重要的是选得精，读得彻底。与其读十部无关轻重的书，不如以读十部书的时间和精力去读一部真正值得读的书；与其十部书都只能泛览一遍，不如取一部书精读十遍。“好书不厌百回读，熟读深思子自知”，这两句诗值得每个读书人悬为座右铭。读书原为自己受用，多读不能算是荣誉，少读也不能算是羞耻。少读如果彻底，必能养成深思熟虑的习惯，涵泳优游，以至于变化气质；多读而不求甚解，则如驰骋十里洋场，虽珍奇满目，徒惹得心花意乱，空手而归。世间许多人读书只为装点门面，如暴发户炫耀家私，以多为贵。这在治学方面是自欺欺人，在做人方面是趣味低劣。

读的书当分种类，一种是为获得现世界公民所必需的常识，一种是为做专门学问。为获常识起见，目前一般中学和大学初年级的课程，如果认真学习，也就很够用。所谓认真学习，熟读讲义课本并不济事，每科必须精选要籍三五种来仔细玩索一番。常识课程总共不过十数种，每种选读要籍三五种，总计应读的书也不过五十部左右。这不能算是过奢的要求。一般读书人所读过的书大半不止此数，他们不能得实益，是因为他们没有选择，而阅读时又只潦草滑过。

常识不但是现世界公民所必需，就是专门学者也不能缺少它。近代科学分野严密，治一科学问者多固步自封，以专门为借口，对其他相关学问毫不过问。这对于分工研究或许是必要，而对于淹通深造却是牺牲。宇宙本为有机体，其中事理彼此息息相关，牵其一即动其余，所以研究事理的种种学问在表面上虽可分别，在实际上却不能割开。世间绝没有一科孤立绝缘的学问。比如政治学须牵涉到历史、经济、法律、哲学、心理学以至于外交、军事等，如果一个人对于这些相关学问未曾问津，入手就要专门习政治学，愈前进必愈感困难，如老鼠钻牛角，愈钻愈窄，寻不着出路。其他学问也大抵如此，不能通就不能专，不能博就不能约。先博学而后守约，这是治任何学问所必守的程序。我们只看学术史，凡是在某一科学问上有大成就的人，都必定于许多他科学问有深广的基础。目前我国一般青年学子动辄喜言专门，以至于许多专门学者对于极基本的学科毫无常识，这种风气也许是在国外大学做博士论文的先生们所酿成的。它影响到我们的大学课程，许多学系所设的科目"专"到不近情理，在外国大学研究院里也不一定有。这好像逼吃奶的小孩去嚼肉骨，岂不是误人子弟？

有些人读书，全凭自己的兴趣。今天遇到一部有趣的书就把预拟做的事丢开，用全副精力去读它；明天遇到另一部有趣的书，仍是如此办，虽然这两部书在性质上毫不相关。一年之中可以时而习天文，时而研究蜜蜂，时而读莎士比亚。在旁人认为重要而自己不感兴味的书都一概置之不理。这种读法有如打游击，亦如蜜蜂采蜜。它的好处在使读书成为乐事，对于一时兴到的著作可以深入，久而久之，可以养成一种不平凡的思路与胸襟。它的坏处在使读者泛滥而无所归宿，缺乏专门研究所必需的"经院式"的系统训练，产生畸形的发展，对于某一方面知识过于重视，对于另一方面知识可以很蒙昧。我的朋友中有专门读冷僻书籍，对于正经正史从未过问的，他在文学上虽有造就，但不能算是专门学者。如果一个人有时间与精力允许他过享乐主义的生活，不把读书当作工作而只当作消遣，这种蜜蜂采蜜式的读书法原亦未尝不可采用。但是一个人如果抱有成就一种学问的志愿，他就不能不有预定计划与系统。对于他，读书不仅是追求兴趣，尤其是一种训练，一种准备。有些有趣的书他须得牺牲，也有些初看很枯燥的书他必须咬定牙关去硬啃，啃久了他自然还可以啃出滋味来。

读书必须有一个中心去维持兴趣，或是科目，或是问题。以科目为中心时，就要精选那一科要籍，一部一部地从头读到尾，以求对于该科得到一个概括的了解，做进一步高深研究的准备。读文学作品以作家为中心，读史学作品以时代为中心，也属于这一类。以问题为中心时，心中先须有一个待研究的问题，然后采关于这问题的书籍去读，用意在搜集材料和诸家对于这问题的意见，以供自己权衡去取，推求结论。重要的书仍须全看，其余的这里看一章，那里看一节，得到所要搜集的材料就可以丢手。这是一般做研究工作者所常用的方法，对于初学不相宜。不过初学者以科目为中心时，仍可约略采取以问题为中心的微意。一书作几遍看，每一遍只着重某一方面。苏东坡与王郎书曾谈到这个方法：

少年为学者，每一书皆作数过尽之。书富如入海，百货皆有，人之精力，不能兼收尽取，但得其所欲求者

> 耳。故愿学者每一次作一意求之，如欲求古今兴亡治乱圣贤作用，但作此意求之，勿生余念。又别作一次，求事迹故实典章文物之类，亦如之。他皆仿此。此虽迂钝，而他日学成，八面受敌，与涉猎者不可同日而语也。

朱子尝劝他的门人采用这个方法。它是精读的一个要诀，可以养成仔细分析的习惯。举看小说为例，第一次但求故事结构，第二次但注意人物描写，第三次但求人物与故事的穿插，以至于对话、辞藻、社会背景、人生态度等都可如此逐次研求。

读书要有中心，有中心才易有系统组织。比如看史书，假定注意的中心是教育与政治的关系，则全书中所有关于这问题的史实都被这中心联系起来，自成一个系统。以后读其他书籍如经子专集之类，自然也常遇着关于政教关系的事实与理论，它们也自然归到从前看史书时所形成的那个系统了。一个人心里可以同时有许多系统中心，如一部字典有许多“部首”，每得一条新知识，就会依物以类聚的原则，汇归到它的性质相近的系统里去，就如拈新字贴进字典里去，是人旁的字都归到人部，是水旁的字都归到水部。大凡零星片断的知识，不但易忘，而且无用。每次所得的新知识必须与旧有的知识联络贯串，这就是说，必须围绕一个中心归聚到一个系统里去，才会生根，才会开花结果。

记忆力有它的限度，要把读过的书所形成的知识系统，原本枝叶都放在脑里储藏起，在事实上往往不可能。如果不能储藏，过目即忘，则读亦等于不读。我们必须于脑以外另辟储藏室，把脑所储藏不尽的都移到那里去。这种储藏室在从前是笔记，在现代是卡片。记笔记和做卡片有如植物学家采集标本，须分门别类订成目录，采得一件就归入某一门某一类，时间过久了，采集的东西虽极多，却各有班位，条理井然。这是一个极合乎科学的办法，它不但可以节省脑力，储有用的材料，供将来的需要，还可以增强思想的条理化与系统化。预备做研究工作的人对于记笔记做卡片的训练，宜于早下功夫。

谈交友

人生的快乐有一大半要建筑在人与人的关系上面。只要人与人的关系调处得好，生活没有不快乐的。许多人感觉生活苦恼，原因大半在没有把人与人的关系调处适宜。这人与人的关系在我国向来称为“人伦”。在人伦中先儒指出五个最重要的，就是君臣、父子、夫妇、兄弟、朋友。这五伦之中，父子、夫妇、兄弟起于家庭，君臣和朋友起于国家社会。先儒谈伦理修养，大半在五伦上做功夫，以为五伦上面如果无亏缺，个个修养固然到了极境，家庭和国家社会也就自然稳固了。五伦之中，朋友一伦的地位很特别，它不像其他四伦都有法律的基础，它起于自由的结合，没有法律的力量维持它或是限定它，它的唯一的基础是友爱与信义。但是它的重要性并不因此减少。如果我们把人与人中间的好感称为友谊，则无论是君臣、父子、夫妇或是兄弟之中，都绝对不能没有友谊。就字源说，在中西文里“友”字都有“爱”的意义。无爱不成友，无爱也不成君臣、父子、夫妇或兄弟。换句话说，无论哪一伦，都非有朋友的要素不可，朋友是一切人伦的基础。懂得处友，就懂得处人；懂得处人，就懂得做人。一个人在处友方面如果有亏缺，他的生活不但不能是快乐的，而且也绝不能是善的。

谁都知道，有真正的好朋友是人生一件乐事。人是社会的动物，生来就有同情心，生来也就需要同情心。读一篇好诗文，看一片好风景，没有一个人在身旁可以告诉他说："这真好呀！"心里就觉得美中有不足。遇到一件大喜事，没有人和你同喜，你的欢喜就要减少七八分；遇到一件大灾难，没有人和你同悲，你的悲痛就增加七八分。孤零零的一个人不能唱歌，不能说笑话，不能打球，不能跳舞，不能闹架拌嘴，总之，什么开心的事也不能做。世界最酷毒的刑罚要算幽禁和充军，逼得你和你所常接近的人们分开，让你尝无亲无友那种孤寂的风味。人必须接近人，你如果不信，请你闭关独居十天半个月，再走到十字街头在人群中挤一挤，你心里会感到说不出来的快慰，仿佛过了一次大瘾，虽然街上那些行人在平时没有一个让你瞧得上眼。人是一种怪物，自己是一个人，却要显得瞧不起人，要孤高自赏，要闭门谢客，要把心里所想的看成神妙不可言说，"不可与俗人道"，其实隐意识里面唯恐人不注意自己，不知道自己，不赞赏自己。世间最欢喜守秘密的人往往也是最不能守秘密的人。他们对你说："我告诉你，你却不要告诉人。"他不能不告诉你，却忘记你也不能不告诉人。这所谓"不能"实在出于天性中一种极大的压迫力。人需要朋友，如同人需要泄露秘密，都由于天性中一种压迫力在驱遣。它是一种精神上的饥渴，不满足就可以威胁到生命的健全。

谁也都知道，朋友对于性格形成的影响非常重大。一个人的好坏，朋友熏染的力量要居大半。既看重一个人把他当作真心朋友，他就变成一种受崇拜的英雄，他的一言一笑、一举一动都在有意无意之间变成自己的模范，他的性格就逐渐有几分变成自己的性格。同时，他也变成自己的裁判者，自己的一言一笑、一举一动，都要顾到他的赞许或非难。一个人可以蔑视一切人的毁誉，却不能不求见谅于知己。每个人身旁有一个“圈子”，这圈子就是他所尝亲近的人围成的，他跳来跳去，尝跳不出这圈子。在某一种圈子就成为某一种人。圣贤有道，盗亦有道。隔着圈子相视，尧可非桀，桀亦可非尧。究竟谁是谁非，责任往往不在个人而在他所在的圈子。古人说：“与善人交，如入芝兰之室，久而不闻其香；与恶人交，如入鲍鱼之肆，久而不闻其臭。”久闻之后，香可以变成寻常，臭也可以变成寻常，而习安之，就不觉其为香为臭。一个人应该谨慎择友，择他所在的圈子，道理就在此。人是善于模仿的，模仿品的好坏，全看模型的好坏。有如素丝，染于青则青，染于黄则黄。“告诉我谁是你的朋友，我就知道你是怎样的一种人。”这句西谚确是经验之谈。《学记》论教育，一则曰：“七年视论学取友。”再则曰：“相观而善之谓摩。”从孔孟以来，中国士林向来奉尊师敬友为立身治学的要道。这都是深有见于朋友的影响重大。师弟向来不列于五伦，实包括于朋友一伦里面，师与友是不能分开的。

许叔重《说文解字》谓“同志为友”。就大体说，交友的原则是“同声相应，同气相求”。但是绝对相同在理论与事实都是不可能。“人心不同，各如其面。”这不同亦正有它的作用。朋友的乐趣在相同中容易见出，朋友的益处却往往在相异处才能得到。古人尝拿“如切如磋，如琢如磨”来譬喻朋友的交互影响。这譬喻实在是很恰当。玉石有瑕疵棱角，用一种器具来切磋琢磨它，它才能圆融光润，才能“成器”。人的性格也难免有瑕疵棱角，如私心、成见、骄矜、暴躁、愚昧、顽恶之类，要多受切磋琢磨，才能洗刷净尽，达到珠圆玉润的境界。朋友便是切磋琢磨的利器，与自己愈不同，摩擦愈多，切磋琢磨的影响也就愈大。这影响在思想方面最容易见出。一个人多和异己的朋友讨论，会逐渐发现自己的学说不圆满处，对方的学说有可取处，逼得不得不作进一层的思考，这样地对于学问才能鞭辟入里。在朋友互相切磋中，一方面被“磨”，一方面也在受滋养。一个人被“磨”的方面愈多，吸收外来的滋养也就愈丰富。孔子论益友，所以特重直谅多闻。一个不能有诤友的人永远是愚而好自用，在道德学问上都不会有很大的成就。

好朋友在我国语文里向来叫作“知心”或“知己”。“知交”也是一个习用的名词。这个语言的习惯颇含有深长的意味。从心理观点看，求见知于人是一种社会本能，有这本能，人与人才可以免除隔阂，打成一片，社会才能成立。它是社会生命所借以维持的，犹如食色本能是个人与种族生命所借以维持的，所以它与食色本能同样强烈。古人尝以一死报知己，钟子期死后，伯牙不复鼓琴。这种行为在一般人看近似于过激，其实是由于极强烈的社会本能在驱遣。其次，从伦理哲学观点看，知人是处人的基础，而知人却极不易，因为深刻的了解必基于深刻的同情。深刻的同情只在真挚的朋友中才常发现，对于一个人有深交，你才能真正知道他。了解与同情是互为因果的，你对于一个人愈同情，就愈能了解他；你愈了解他，也就愈同情他。法国人有一句成语说："了解一切，就是宽容一切。"这句话说来像很容易，却是人生的最高智慧，需要极伟大的胸襟才能做到。古今有这种胸襟的只有几个大宗教家，像释迦牟尼和耶稣，有这种胸襟才能谈到大慈大悲；没有它，任何宗教都没有灵魂。修养这种胸襟的捷径是多与人做真正的好朋友，多与人推心置腹，从对于一部分人得到深刻的了解，做到对于一般人类起深厚的同情。从这方面看，交友的范围宜稍广泛，各种人都有最好，不必限于自己同行同趣味的。蒙田在他的论文里提出一个很奇怪的主张，以为一个人只能有一个真正的朋友，我对这主张很怀疑。

交友是一件寻常事，人人都有朋友，交友却也不是一件易事，很少人有真正的朋友。势利之交固容易破裂，就是道义之交也有时不免闹意气之争。王安石与司马光、苏轼、程颢诸人在政治和学术上的倾轧便是好例。他们个个都是好人，彼此互有相当的友谊，而结果闹成和世俗人一般的翻云覆雨。交道之难，从此可见。从前人谈交道的话说得很多。例如“朋友有信”，“久而敬之”，“君子之交淡如水”，视朋友须如自己，要急难相助，须知护友之短，像孔子不假盖于悭吝朋友，要劝善规过，但“不可则止，无自辱焉”。这些话都是说起来颇容易，做起来颇难。许多人都懂得这些道理，但是很少人真正会和人做朋友。

孔子尝劝人“无友不如己者”，这话使我很惶惶不安。你不如我，我不和你做朋友，要我和你做朋友，就要你胜似我，这样我才能得益。但是这算盘我会打你也就会打，如果你也这么说，你我之间不就没有做朋友的可能么？柏拉图写过一篇谈友谊的对话，另有一番奇妙议论。依他看，善人无须有朋友，恶人不能有朋友，善恶混杂的人才或许需要善人为友来消除他的恶，恶去了，友的需要也就随之消灭。这话显然与孔子的话有些抵牾。谁是谁非，我至今不能断定，但是我因此想到朋友之中，人我的比较是一个重要问题，而这问题又与善恶问题密切相关。我从前研究美学上的欣赏与创造问题，得到一个和常识不相通的结论，就是：欣赏与创造根本难分，每人所欣赏的世界就是每人所创造的世界，就是他自己的情趣和性格的反照；你在世界中能“取”多少，就看你在你的性灵中能提出多少“与”它，物与我之中有一种生命的交流，深人所见于物者深，浅人所见于物者浅。现在我思索这比较实际的交友问题，觉得它与欣赏艺术自然的道理颇可暗合默契。你自己是怎样的人，就会得到怎样的朋友。人类心灵尝交感回流。你拿一份真心待人，人也就会拿一份真心待你，你所“取”如何，就看你所“与”如何。“爱人者人恒爱之，敬人者人恒敬之。”人不爱你敬你，就显得你自己有损缺。你不必责人，先须反求诸己。不但在情感方面如此，在性格方面也都是如此。友必同心，所谓“同心”是指性灵同在一个水准上。如果你我在性灵上有高低，我高就须感化你，把你提高到同样水准；你高也是如此，否则友谊就难成立。朋友往往是测量自己的一种最精确的尺度，你自己如果不是一个好朋友，就绝不能希望得到一个好朋友。要是好朋友，自己须先是一个好人。我很相信柏拉图的“恶人不能有朋友”的那一句话。恶人可以做好朋友时，他在他方面尽管是坏，在能为好朋友一点上就可证明他还有人性，还不是一个绝对的恶人。说来说去，“同声相应，同气相求”那句老话还是对的，何以交友的道理在此，如何交友的方法也在此。交友和一般行为一样，我们应该常牢记在心的是“责己宜严，责人宜宽”。

谈休息

在世界各民族中，我们中国人要算是最能刻苦耐劳的。第一是农人。他们日出而作，日入而息，不分阴晴冷暖，总是硬着头皮，流着血汗，忙个不休。一年之中，他们最多只能在过年过节时歇上三五天，你如果住在乡下，常看他们在炎天烈日下车水拔草，挑重担、推重车、上高坡，或是拉牵绳拖重载船上急滩，你对他们会起敬心也会起怜悯心，觉得他们虽是人，却在做牛马的工作，过牛马的生活。读书人比较算是有闲阶级，但在未飞黄腾达以前，也要经过一番艰苦的奋斗。从前私塾学生从天亮到半夜，都有规定的课程，休息对于他们是一个稀奇的名词。小学生们只有在先生打瞌睡时偷耍一阵，万一先生不打瞌睡，就只有找借口逃学。从前读书人误会“自强不息”的意思，以为“不息”就是不要休息。十年不下楼、十年不窥园、发愤忘食之类的故事在读书人中传为美谈，奉为模范。近代学校教育比从前私塾教育似乎也并不轻松多少。从小学以至大学，功课都太繁重，每日除上六七小时课外还要看课本做练习。世界各国学校上课钟点之多，假期之短少，似没有比得上我们的。

这种刻苦耐劳的精神原可佩服，但是对于身心两方的修养却是极大的危害。最刻苦耐劳的是我们中国人，体格最羸弱而工作最不讲效率的也是我们中国人。这中间似不无密切关系。我们对于休息的重要性太缺乏彻底的认识了。它看来虽似小问题，却为全民族的生命力所关，不能不提出一谈。

自然界事物都有一个节奏。脉搏一起一伏，呼吸一进一出，筋肉一张一弛，以至日夜的更替，寒暑的来往，都有一个劳动和休息的道理在内。草木和虫豸在冬天要枯要眠，土壤耕种了几年之后须休息，连机器输电灯线也不能昼夜不息地工作，世间没有一件事物能在一个状态维持到久远的，生命就是变化，而变化都有一起一伏的节奏。跳高者为着要跳得高，先蹲着很低；演戏者为着造成一个紧张的局面，先来一个轻描淡写；用兵者守如处女，才能出如脱兔；唱歌者为着要拖长一个高音，先须深深地吸一口气。事例是不胜枚举的。世间固然有些事可以违拗自然去勉强，但是勉强也有它的限度。人的力量，无论是属于身或属于心的，到用过了限度时，必定是由疲劳而衰竭，由衰竭而毁灭。譬如弓弦，老是尽量地拉满不放松，结果必定是裂断。我们中国人的生活常像满引的弓弦，只图张的速效，不顾弛的蓄力，所以常在身心俱惫的状态中。这是政教当局所必须设法改善的。

一般人以为多延长工作的时间就可以多收些效果，比如说，一天能走一百里路，多走一天，就可以多走一百里路，如此天天走着不歇，无论走得多久，都可以维持一百里的速度。凡是走过长路的人都知道算盘打得不很精确，走久了不歇，必定愈走愈慢，以至完全走不动。我们走路的秘诀，“不怕慢，只怕站”，实在只有片面的真理。永远站着固然不行，永远不站也不一定能走得远，不站就须得慢，慢有时延误事机；而偶尔站站却不至于慢，站后再走是加速度的唯一办法。我们中国人做事的通病就在怕站而不怕慢，慢条斯理地不死不活地往前挨，说不做而做着并没有歇，说做却并没有做出什么名色来。许多事就这样因循耽误了。我们只讲工作而不讲效率，在现代社会中，不讲效率，就要落后。西方各国都把效率看成一个迫切的问题，心理学家对这问题做了无数的实验，所得的结论是以同样时间去做同样工作，有休息的比没有休息的效率大得多。比如说，一长页的算学加法习题，继续不断地去做要费两点钟，如果先做五十分钟，继以二十分钟的休息，再做五十分钟，也还可以做完，时间上无损失而错误却较少。西方新式工厂大半都已应用这个原则去调节工作和休息的时间，结果工人的工作时间虽然少了，雇主的出品质量反而增加了。一般人以为休息是浪费时间，其实不休息的工作才真是浪费时间。此外还有精力的损耗更不经济。拿中国人与西方人相比，可工作的年龄至少有二十年的差别。我们到五六十岁就衰老无能为，他们那时还正年富力强，事业刚开始，这分别有多大！

休息不仅为工作蓄力，而且有时工作必须在休息中酝酿成熟。法国大数学家潘嘉赉研究数学上的难题，苦思不得其解，后来跑到街上闲逛，原来费尽气力不能解决的难题却于无意中就轻轻易易地解决了。据心理学家的解释，有意识作用的工作须得退到潜意识中酝酿一阵，才得着土生根。通常我们在放下一件工作之后，表面上似在休息，而实际上潜意识中那件工作还在进行，詹姆斯有"夏天学溜冰，冬天学泅水"的比喻。溜冰本来是前冬练习的，今夏无冰可溜，自然就想不到溜冰，算是在休息，但是溜冰的筋肉技巧却恰巧此时凝固起来。泅水也是如此，一切学习都如此。比如我们学写字，用功甚勤，进步总是显得很慢，有时甚至越写越坏。但是如果停下一些时候再写，就猛然觉得字有进步。进步之后又停顿，停顿之后又进步，如此辗转多次，字才易写得好。习字需要停顿，也是因为要有时间让筋肉技巧在潜意识中酝酿凝固。习字如此，习其他技术也是如此。休息的工夫并不是白费的，它的成就往往比工作的成就更重要。

《佛说四十二章经》里有一段故事，戒人为学不宜操之过急，说得很好：

沙门夜诵迦叶佛教遗经，其声悲紧，思悔欲退。佛问之曰："汝昔在家，曾为何业？"对曰："爱弹琴。"佛言："弦缓如何？"对曰："不鸣矣。""弦急如何？"对曰："声绝矣。""急缓得中如何？"对曰："诸音普矣。"佛言："沙门学道亦然。心若调适，道可得矣。于道若暴，暴即身疲；其身若疲，意即生恼。意若生恼，行即退矣。"

我国先儒如程朱诸子教人为学，亦常力戒急迫，主张"优游涵泳"。这四个字含有妙理，它所指的功夫是猛火煎后的慢火煨，紧张工作后的潜意识的酝酿。要"优游涵泳"，非有充分休息不可。大抵治学和治事，第一件要事是清明在躬，从容而灵活，常做得自家的主宰，提得起也放得下。急迫躁进最易误事。我有时写字或作文，在意兴不佳或微感倦怠时，手不应心，心里愈想好，而写出来的愈坏，在此时仍不肯丢下，带着几分气忿的念头勉强写下去，写成要不得就扯去，扯去重写仍是要不得，于是愈写愈烦躁，愈烦躁也就写得愈不像样。假如在发现神志不旺时立即丢开，在乡下散步，吸一口新鲜空气，看着蓝天绿水，陡然间心旷神怡，回头来再伏案做事，便觉精神百倍，本来做得很艰苦而不能成功的事，现在做起来却有手挥目送之乐，轻轻易易就做成了。不但作文写字如此，要想任何事做得好，做时必须精神饱满，工作成为乐事。一有倦怠或烦躁的意思，最好就把它搁下休息一会儿，让精神恢复后再来。

人须有生趣才能有生机。生趣是在生活中所领略得的快乐，生机是生活发扬所需要的力量。诸葛武侯所谓“宁静以致远”就包含生趣和生机两个要素在内，宁静才能有丰富的生趣和生机，而没有充分休息做优游涵泳的功夫的人们绝难宁静。世间有许多过于辛苦的人，满身是尘劳，满腔是杂念，时时刻刻都为环境的需要所驱遣，如机械一般流转不息，自己做不得自己的主宰，呆板枯燥，没有一点生人之趣。这种人是环境压迫的牺牲者，没有力量抬起头来驾驭环境或征服环境，在事业和学问上都难有真正的大成就。我认识许多穷苦的农人，孜孜不辍的老学究和一天在办公室坐八小时的公务员，都令我起这种感想。假如一个国家里都充满着这种人，我们很难想象出一个光明世界来。

基督教的《圣经》叙述上帝创造世界的经过，于每段工作完成之后都赘上一句说：“上帝看看他所做的事，看，每一件都很好！”到了第七天，上帝把他的工作都完成了，就停下来休息，并且加福于这第七天，因为在这一天他能够休息。这段简单的文字很可耐人寻味。我们不但需要时间工作，尤其需要时间对于我们所做的事回头看一看，看出它很好；并且工作完成了，我们需要一天休息来恢复疲劳的精神，领略成功的快慰。这一天休息的日子是值得“加福的”“神圣化的”（《圣经》里所用的字是Blessed and sanctified）。在现代紧张的生活中，我们“车如流水马如龙”地向前直滚，曾不留下一点时光做一番静观和回味，以至华严世相都在特别快车的窗子里滑了过去，而我们也只是轮回戏盘中的木人木马，有上帝的榜样在那里而我们不去学，岂不是浪费生命！

我生平最爱陶渊明在《自祭文》里所说的两句话："勤靡余劳，心有常闲。"上句是尼采所说的狄俄尼索斯的精神，下句即是阿波罗的精神。动中有静，常保存自我主宰，这是修养的极境，人事算尽了，而神仙福分也就在尽人事中享着。现代人的毛病是"勤有余劳，心无偶闲"。这毛病不仅使生活索然寡味，身心俱惫，于事劳而无功，而且使人心地驳杂，缺乏冲和弘毅的气象，日日困于名缰利锁，叫整个世界日趋于干枯黑暗。但丁描写魔鬼在地狱中受酷刑，常特别着重"不停留"或"无间断"的字样。"不停留"或"无间断"自身就是一种惩罚，甘受这种惩罚的人们是甘愿人间成为地狱。上帝的子孙们，让我们跟着他的榜样，加福于我们工作之后休息的时光啊！

谈体育

理想的教育应以发展全人为鹄的。全人包括身心两方面，修养也应同时顾到这两方面。心的修养包含智育、德育、美育三项，相当于知、情、意三种心理机能。身的修养即通常所谓体育。近来我们的教育对于心的修养多偏重智育，德育与美育多被忽视。这种畸形的发展酿成一般人的道德堕落与趣味低下，已为共见周知的事实。至于体育更是落后。学校虽设有体育这门功课，大半是奉行公事，体育教员一向被轻视，学生不注意体育可不致影响升级和毕业，学校在体育设备上花的费用在整个预算上往往不及百分之一。如果你把身心的重要看作平等，把心的方面知、情、意三种机能的重要也看作平等，再把目前教育状况衡量一下，就可以想到我们的教育的不完善到了怎样一个程度。德育和美育至少在理论上还有人在提倡，体育则久已降于不议不论之列了。体育所以落到这种无足轻重的地位，大半因为一般人根本误认体肤没有心灵那么高贵，一部分宗教家和哲学家甚至把体肤看成心灵的迷障，要修养心灵须先鄙弃体肤的需要。我们崇拜甘地，仿佛以为甘地成就他的特殊精神，就与他的身体瘦弱有关，身体不瘦弱，就不能成圣证道。这种错误的观念不破除，我们根本不能谈体育。

生命是有机的，身与心虽可分别却不可割裂；没有身就没有心，身体不健全，心灵就不会健全。这道理可以分几点来说。

第一，身体不健全，聪明智慧不能发展最高度的效能。我们中华民族的聪明智慧并不让西方人，但是在学问事业方面的造就，我们常常赶不上他们。原因固然很多，身体羸弱是最重要的一种。普通欧美人士说："生命从四十岁开始。"他们到了五六十岁时，还是血气方刚，还有二三十年可以在学问事业方面努力。但是普通中国人到了四十岁以后，精力就逐渐衰惫，在西方人正是奋发有为的时候，我们已宣告体力的破产，作告老退休的打算。在普通西方人，头三四十年只是训练和准备的时期，后三四十年才可以谈到成就与收获；在我们中国人，刚过了训练和准备的时期，可用的精力已渐就耗竭，犹如果子未成熟就萎落，如何能谈到成就与收获呢？无论是读书、写字、做文章、演说、打仗或是办事，必须精力弥满，才可以好。尤其是做比较重大的工作，我们需要持久的努力，要能挣扎到底，维持最后五分钟的奋斗。我们做事，往往开头很起劲，以后越做越觉得精力不济，那最后五分钟最难挨过，以致功亏一篑。这就由于身体羸弱，生活力不够。

其次，身体羸弱可以影响到性情和人生观。我常分析自己，每逢性情暴躁，容易为小事动气时，身体方面总有些毛病，如头痛、牙痛、胃痛之类；每逢心境颓唐、悲观厌世时，大半精疲力竭，所能供给的精力不够应付事物的要求，这在生病或失眠时最易发生。在睡了一夜好觉之后，清晨爬起来，觉得自己生气蓬勃，心里就特别畅快，对人也就特别和善。我仔细观察我所常接触的人，发现体格与心境的密切关系是很普遍的。我没有看见一个真正康健的人为人不和善，处事不乐观；也没有看见一个愁眉苦脸的人在身体方面没有丝毫缺陷。我们中国青年中许多人都悲观厌世，暮气沉沉，我敢说这大半是身体不健康的结果。

第三，德行的亏缺大半也可归原到身体的羸弱。西谚说：“健全精神宿于健全身体。”这句话的意味实在深长。我常分析中国社会的病根，觉得它可以归原到一个字——懒。懒，所以萎靡因循，遇应该做的事拿不出一点勇气去做；懒，所以马虎苟且，遇不应该做的事拿不出一点勇气去决定不做；懒，于是对一切事情朝抵抗力最低的路径走，遇事偷安取巧，逐渐走到人格的堕落。懒的原因在哪里呢？懒就是物理学上的惰性，由于动力的缺乏，换言之，由于体力的虚弱。比如机器要产生动力，必须开足马达，要开足马达，必须电力强大。身体好比马达，生活力就是电力，而努力所需要的坚强意志就是动力。生活力不旺——这就是说，体力羸弱——身体那一个马达就开不动，努力所需要的动力就无从产生。所以精神的破产毕竟起于身体的破产。

生命是一种无底止的奋斗。一个士兵作战，一个学者研究学问，或是一个普通公民勇于尽自己的职责，向一切恶的引诱说一个坚决的“不！”字，向一切应做的事说一个坚决的“干！”字，都需要一番斗争的精神，一股蓬勃的生活力。我们多数民众所最缺乏的就是这奋斗所必需的生活力，我们必须彻底认识这种缺乏的严重性，极力来弥补它。我们慢些谈学问，慢些谈道德，慢些谈任何事功，第一件要事先把身体这个机器弄得坚强结实。

要补救我们民族体格的羸弱，必先推求羸弱的病因，然后对症下药。一般人都知道一些健身的方法和道理，例如营养适宜、衣食住清洁、生活有规律、运动休息得时之类。我们中国人体格羸弱，大半由于对于这些健康的基本条件没有十分注意，这是谁都会承认的。但是我以为这些条件固然重要，却都是后天的培养，最重要的还是先天的基础。比如动植物的繁殖，在同样的后天环境之下，种子好的比种子差的较易于发育茁壮。哈巴狗总不能长成狮子狗，任凭你怎样去饲养。我知道许多人一辈子注意卫生，一辈子仍是不很强壮，就吃亏在先天不足；我也知道许多人一辈子不知道什么叫作卫生，可是身体依然是坚实，他们生来就有一副铜筋铁骨。因此，我想到在体格方面，先天的基础好，比任何谨慎的后天的培养都要强；我们要想改变民族的体质，第一步要务是彻底地研究优生。在身体方面的优生，有三个要点必须注意。一、男女配合必须在发育完成之后，早婚必须绝对禁止。二、选择配偶的标准必须把身体强健放在第一位。我们应特别奖励强壮的男子配强壮的女子。以往男择女要林黛玉那样弱不禁风，工愁善病；女择男要潘安那样白面书生，风度儒雅。这种传统的理想必须打破。三、妇女在妊孕期内必须有极合理的调养，在生产后至少在三年之内须节制妊孕。先天的基础，母亲要奠立一大半，母亲的健康比父亲的更为重要。现在一般母亲在妊孕期劳作过度，营养不充分，而妊孕期的周率又太频繁，一年生产一次几是常事。这一点影响民族体格的健康比其他一切因素都较严重。以上三点体格优生要义我们必须灌注到每一个公民的头脑里去，在必要时，我们最好能用政府的力量帮助人民去切实施行。

至于后天的培养用不着多说，一般人都知道一些卫生常识。第一是营养必须适宜。目前物价昂贵，一般青年们正当发育的年龄，不能得到最低限度的营养，以致危害到健康。这是一个很严重的现象，政教当局必须彻底认识，急图补救。其次是生活必须有规律，起居饮食，劳作休息，都须有一定的时候、一定的分量、一定的节奏。在这一点上，我们中国人的习惯很差。迟睡晚起，打牌可以打连宵，平时饮食不够营养的标准，进馆子就得把肚皮胀破，劳作者整天不得休息，游手好闲者整天不做工作，如此等类的毛病都是酿成民族羸弱的因素。

单就青年说，目前各学校的功课都太繁重，营养所产生的力量过少，功课担负所要求的力量过多，供不应求，逼成虚耗。这也是一个很严重的现象。要教育合理化，各级学校的课程必须尽量裁汰。第三是心境要宽和冲淡，少动气，少存杂念。我国古代养生家素来特重这一点，所以说："养生莫善于寡欲。"我们近代人对此点似多认为陈腐，其实这很可惜。近代社会复杂，刺激特多，愈近于文明，愈远于自然，处处都是扰乱心志的事物，就是处处逼我们打消耗战。我们必须淡泊宁静，以逸待劳。这不但可以养生，也可以使学问事业得到较大的成就。

如果做到上面几点，我相信一个人不会不康健。康健的生活是正常的自然的。健康的最大秘诀就在使生活是正常的自然的。近代人谈体育，多专指运动，其实专就健康而言，运动是体育的下乘节目。运动的要义在使血液流通，筋肉平均发展，脑筋与筋肉互换劳息。这三点在普通劳作方面也可以办到。自然人都很健康，除渔猎耕作及舞蹈以外，别无所谓运动。而身体却大半很强健。不过运动确也有不能用普通劳作代替的地方。第一，它是比较科学化，顾到全身筋肉脉络的有系统的调摄和锻炼。在近代社会中分工细密，许多人只用一部分筋肉去劳作。有系统的运动实为必要。第二，运动带有团体娱乐的意味，是群育的最好工具。在中国古代，射以观德；近代西方人也说运动可以养成"公平游艺"（fair play），一个公平正直的人有"运动家的风度"（sportsmanship）。要训练合作互助、尊重纪律的精神，最好的场所是运动场。威灵顿说："滑铁卢的胜仗，是在义敦和哈罗两校运动场上打来的。"就是因为这个道理。从这两点说，我们亟须提倡运动。不过以往培养选手替学校争门面的办法必须废除。运动必须由学校推广到全社会，成为每个人日常生活中的一个节目，如吃饭睡觉一样，它才能于全民族的健康有所补助。

谈美感教育

世间事物有真善美三种不同的价值，人类心理有知情意三种不同的活动。这三种心理活动恰和三种事物价值相当：真关于知，善关于意，美关于情。人能知，就有好奇心，就要求知，就要辨别真伪，寻求真理。人能发意志，就要想好，就要趋善避恶，造就人生幸福。人能动情感，就爱美，就欢喜创造艺术，欣赏人生自然中的美妙境界。求知、想好、爱美，三者都是人类天性；人生来就有真善美的需要，真善美俱备，人生才完美。

教育的功用就在顺应人类求知、想好、爱美的天性，使一个人在这三方面得到最大限度的调和的发展，以达到完美的生活。“教育”一词在西文为education，是从拉丁动词educare来的，原义是“抽出”。所谓“抽出”就是“启发”。教育的目的在“启发”人性中所固有的求知、想好、爱美的本能，使它们尽量生展。中国儒家的最高的人生理想是“尽性”。他们说：“能尽人之性则能尽物之性；能尽物之性则可以赞天地之化育。”教育的目的可以说就是使人“尽性”，“发挥性之所固有”。

物有真善美三面；心有知情意三面；教育求在这三方面同时发展，于是有智育、德育、美育三节目。智育叫人研究学问、求知识、寻真理；德育叫人培养良善品格，学做人处世的方法和道理；美育叫人创造艺术，欣赏艺术与自然，在人生世相中寻出丰富的兴趣。三育对于人生本有同等的重要，但是在流行教育中，只有智育被人看重，德育在理论上的重要性也还没有人否认，至于美育则在实施与理论方面都很少有人顾及。二十年前蔡孑民先生一度提倡过“美育代宗教”，他的主张似没有发生多大的影响。还有一派人不但忽略美育，而且根本仇视美育。他们仿佛觉得艺术有几分不道德，美育对于德育有妨碍。希腊大哲学家柏拉图就以为诗和艺术是说谎的，逢迎人类卑劣情感的，多受诗和艺术的熏染，人就会失去理智的控制而变成情感的奴隶，所以他对诗人和艺术家说了一番客气话之后，就把他们逐出“理想国”的境外。中世纪耶稣教徒的态度也很类似。他们以倡苦行主义求来世的解脱，文艺是现世中一种快乐，所以被看成一种罪孽。近代哲学家中卢梭是平等自由说的倡导者，照理应该能看得宽远一点，但是他仍是怀疑文艺，因为他把文艺和文化都看成朴素天真的腐化剂。托尔斯泰对近代西方艺术的攻击更丝毫不留情面，他以为文艺常传染不道德的情感，对于世道人心影响极坏。他在《艺术论》里说：

"每个有理性有道德的人应该跟着柏拉图以及耶回教师，把这问题重新这样决定：宁可不要艺术，也莫再让现在流行的腐化的虚伪的艺术继续下去。"

这些哲学家和宗教家的根本错误在认定情感是恶的，理性是善的，人要能以理性镇压感情，才达到至善。这种观念何以是错误的呢？人是一种有机体，情感和理性既都是天性固有的，就不容易拆开。造物不浪费，给我们一份家当就有一份的用处。无论情感是否可以用理性压抑下去，纵是压抑下去，也是一种损耗，一种残废。人好比一棵花草，要根茎枝叶花实都得到平均的和谐的发展，才长得繁茂有生气。有些园丁不知道尽草木之性，用人工去歪曲自然，使某一部分发达到超出常态，另一部分则受压抑摧残。这种畸形发展是不健康的状态，在草木如此，在人也是如此。理想的教育不是摧残一部分天性而去培养另一部分天性，以致造成畸形的发展；理想的教育是让天性中所有的潜蓄力量都得尽量发挥，所有的本能都得平均调和发展，以造成一个全人。所谓"全人"除体格强壮以外，心理方面真善美的需要必都得到满足。只顾求知而不顾其他的人是书虫，只讲道德而不顾其他的人是枯燥迂腐的清教徒，只顾爱美而不顾其他的人是颓废的享乐主义者。这三种人都不是全人而是畸形人，精神方面的驼子、跛子。养成精神方面的驼子、跛子的教育是无可辩护的。

美感教育是一种情感教育。它的重要我们的古代儒家是知道的。儒家教育特重诗，以为它可以兴观群怨；又特重礼乐，以为“礼以制其宜，乐以导其和”。《论语》有一段话总述儒家教育宗旨说：“兴于诗，立于礼，成于乐。”诗、礼、乐三项可以说都属于美感教育。诗与乐相关，目的在怡情养性，养成内心的和谐（harmony）；礼重仪节，目的在使行为仪表就规范，养成生活上的秩序（order）。蕴于中的是性情，受诗与乐的陶冶而达到和谐；发于外的是行为仪表，受礼的调节而进到秩序。内具和谐而外具秩序的生活，从伦理观点看，是最善的；从美感观点看，也是最美的。儒家教育出来的人要在伦理和美感观点都可以看得过去。

这是儒家教育思想中最值得注意的一点。他们的着重点无疑地是在道德方面，德育是他们的最后鹄的，这点他们与西方哲学家、宗教家柏拉图和托尔斯泰诸人相同。不过他们高于柏拉图和托尔斯泰诸人。因为柏拉图和托尔斯泰诸人误认美育可以妨碍德育，而儒家则认定美育为德育的必由之径。道德并非陈腐条文的遵守，而是至性真情的流露。所以德育从根本做起，必须怡情养性。美感教育的功用就在怡情养性。所以是德育的基础功夫。严格地说，善与美不但不相冲突，而且到最高境界，根本是一回事。它们的必有条件同是和谐与秩序，从伦理观点看，美是一种善；从美感观点看，善也是一种美。所以在古希腊文与近代德文中，美善只有一个字，在中文和其他近代语文中，“善”与“美”二字虽分开，仍可互相替用。真正的善人对于生活不苟且，犹如艺术家对于作品不苟且一样。过一世生活好比做一篇文章，文章求惬心贵当，生活也须求惬心贵当。我们嫌恶行为上的卑鄙龌龊，不仅因其不善，也因其丑；我们赞赏行为上的光明磊落，不仅因其善，也因其美。一个真正有美感修养的人必定同时也有道德修养。

美育为德育的基础，英国诗人雪莱在《诗的辩护》里也说得透辟。他说：

> 道德的大原在仁爱，在脱离小我，去体验我以外的思想行为和体态的美妙。一个人如果真正做善人，必须能深广地想象，必须能设身处地替旁人想，人类的忧喜苦乐变成他的忧喜苦乐。要达到道德上的善，最大的途径是想象；诗从这根本上做功夫，所以能发生道德的影响。

换句话说，道德起于仁爱，仁爱就是同情，同情起于想象。比如你哀怜一个乞丐，你必定先能设身处地想象他的痛苦。诗和艺术对于主观的情境必能“出乎其外”，对于客观的情境必能“入乎其中”，在想象中领略它、玩索它，所以能扩大想象，培养同情。这种看法也与儒家学说暗合。儒家在诸德中特重“仁”，“仁”近于耶稣教的“爱”、佛教的“慈悲”，是一种天性，也是一种修养。仁的修养就在诗。儒家有一句很简赅深刻的话：“温柔敦厚，诗教也。”诗教就是美育，温柔敦厚就是“仁”的表现。

美育不但不妨害德育，而且是德育的基础，如上所述。不过美育的价值还不仅在此。西方人有一句恒言说：“艺术是解放的，给人自由的。”（Art is liberative）这句话最能见出艺术的功用，也最能见出美育的功用。现在我们就在这句话的意义上发挥。从哪几方面看，艺术和美育是“解放的，给人自由的”呢？

第一是本能冲动和情感的解放。人类生来有许多本能冲动和附带的情感，如性欲、生存欲、占有欲、爱、恶、怜、惧之类。本自然倾向，它们都需要活动，需要发泄。但是在实际生活中，它们不但常彼此互相冲突，而且与文明社会的种种约束，如道德、宗教、法律、习俗之类不相容。我们每个人都知道，本能冲动和欲望是无穷的，而实际上有机会实现的却寥寥有数。我们有时察觉到本能冲动和欲望不大体面，不免起羞恶之心，硬把它们压抑下去；有时自己对它们虽不羞恶而社会的压力过大，不容它们赤裸裸地暴露，也还是被压抑下去。性欲是一个最显著的例子。从前哲学家、宗教家大半以为这些本能冲动和情感是卑劣的、不道德的、危险的，承认压抑是最好的处置。他们的整部道德信条有时只在理智镇压情欲。我们在上文指出这种看法的不合理，说它违背平均发展的原则，容易造成畸形发展。其实它的祸害还不仅此。弗洛伊德派心理学告诉我们，本能冲动和附带的情感仅可暂时压抑而不可永远消灭，它们理应有自由活动的机会，如果勉强被压抑下去，表面上像是消灭了，实际上在潜意识里凝聚成精神的疮疖，为种种变态心理和精神病的根源。依弗洛伊德看，我们现代文明社会中人因受道德、宗教、法律、习俗的裁制，本能冲动和情感常难得正常地发泄，大半都有些“被压抑的欲望”所凝成的“情意综”（complexes）。这些情意综潜蓄着极强烈的捣乱力，一旦爆发，就成精神上种种病态。但是这种潜力可以借文艺而发泄，因为文艺所给的是想象世界，不受现实世界的约束和冲突。在这想象世界中，欲望可以用“望梅止渴”的办法得到满足。文艺还把带有野蛮性的本能冲动和情感提到一个较高尚较纯洁的境界去活动，所以有升华作用（sublimation）。有了文艺，本能冲动和情感才得自由发泄，不致凝成疮疖，酿成精神病，它的功用有如机器方面的“安全瓣”（safety valve）。弗洛伊德的心理学有时近于怪诞，但实含有一部分真理。文艺和其他美感活动给本能冲动和情感以自由发泄的机会，在日常经验中也可以得到证明。我们每当愁苦无聊时，费一点工夫来欣赏艺术作品或自然风景，满腹的牢骚就马上烟消云散了。读古人痛快淋漓的文章，我们常有“先得我心”的感觉。看过一部戏或是读过一部小说以后，我们觉得曾经紧张了一阵是一件痛快事。这些快感都起于本能冲动和情感在想象世界中得解放。最好的例子是歌德著《少年维特之烦恼》的经过。他少时爱过一个已经许人的女子，心里痛苦已极，想自杀以了一切。有一天他听到一位朋友失恋自杀的消息，想到这事和他自己的境遇相似，可以写成一部小说。他埋头两礼拜，写成《少年维特之烦恼》。把自己心中怨慕愁苦的情绪一齐倾泻到书里。书成了，他的烦恼便去了，自杀的念头也消了。从这实例看，文艺确有解放情感的功用，而解放情感对于心理健康也确有极大的裨益。我们通常说一个人情感要有所寄托，才不致苦恼烦闷，文艺是大家公认为寄托情感的最好的处所。所谓“情感有所寄托”还是说它要有地方可以活动，可得解放。

其次是眼界的解放。宇宙生命时时刻刻在变动进展中，希腊哲人有“濯足急流，抽足再入，已非前水”的譬喻。所以在这种变动进展的过程中每一时每一境都是个别的、新鲜的、有趣的。美感经验并无深文奥义，它只在人生世相中见出某一时某一境特别新鲜有趣而加以流连玩味，或者把它描写出来。这句话中“见”字最紧要。我们一般人对于本来在那里的新鲜有趣的东西不容易“见”着。这是什么缘故呢？不能“见”，必有所蔽。我们通常把自己囿在习惯所画成的狭小圈套里，让它把眼界“蔽”着，使我们对它以外的世界都视而不见、听而不闻。比如我们如果囿于饮食男女，饮食男女以外的事物就见不着；囿于奔走钻营，奔走以外的事就见不着。有人向海边农夫称赞他的门前海景美，他很羞涩地指着屋后菜园说：“海没有什么，屋后的一园菜倒还不差。”一园菜囿住了他，使他不能见到海景美。我们每个人都有所囿，有所蔽，许多东西都不能见，所见到的天地是非常狭小的、陈腐的、枯燥的。诗人和艺术家所以超过我们一般人者就在情感比较真挚、感觉比较锐敏、观察比较深刻、想象比较丰富。我们“见”不着的，他们“见”得着，并且他们“见”得到就说得出；我们本来“见”不着的他们“见”着说出来了，就使我们也可以“见”着。像一位英国诗人所说的他们“借他们的眼睛给我们看（They lend their eyes for us to see）”。中国人爱好自然风景的趣味是陶、谢、王、韦（陶渊明、谢灵运、王维、韦应物）诸诗人所传染的。在透纳（Turner）和惠斯勒（Whistler）以前，英国人就没有注意到泰晤士河上有雾。拜伦（Byron）以前，欧洲人很少赞美威尼斯。前一世纪的人崇拜自然，常咒骂城市生活和工商业文化，但是现代美国、俄国的文学家有时把城市生活和工商业文化写得也很有趣。人生的罪孽灾害通常只引起忿恨，悲剧却教我们于罪孽灾祸中见出伟大庄严；丑陋乖讹通常只引起嫌恶，喜剧却教我们在丑陋乖讹中见出新鲜的趣味。伦勃朗（Rembrandt）画过一些疲癃残疾的老人以后，我们见出丑中也还有美。象征诗人出来以后，许多一纵即逝的情调使我们觉得精细微妙，特别值得留恋。文艺逐渐向前伸展，我们的眼界也逐渐放大，人生世相越显得丰富华严。这种眼界的解放给我们不少的生命力量，我们觉得人生有意义、有价值，值得活下去。许多人嫌生活枯燥，烦闷无聊，原因就在缺乏美感修养，见不着人生世相的新鲜有趣。这种人最容易堕落颓废，因为生命对于他们失去意义与价值。“哀莫大于心死”，所谓“心死”就是对于人生世相失去解悟与留恋，就是不能以美感态度去观照事物。美感教育不是替有闲阶级增加一件奢侈，而是使人在丰富华严的世界中随处吸收支持生命和推展生命的活力。朱子有一首诗说：“半亩方塘一鉴开，天光云影共徘徊。问渠那得清如许？为有源头活水来。”这诗所写的是一种修养的胜境。美感教育给我们的就是“源头活水”。

第三是自然限制的解放。这是德国唯心派哲学家康德、席勒、叔本华、尼采诸人所最着重的一点，现在我们用浅近语来说明它。自然世界是有限的，受因果律支配的，其中毫末细故都有它的必然性，因果线索命定它如此，它就丝毫移动不得。社会由历史铸就，人由遗传和环境造成。人的活动寸步离不开物质生存条件的支配，没有翅膀就不能飞，绝饮食就会饿死。由此类推，人在自然中是极不自由的。动植物和非生物一味顺从自然，接受它的限制，没有过分希冀，也就没有失望和痛苦。人却不同，他有心灵，有不可压的欲望，对于无翅不飞、绝食饿死之类事实总觉有些歉然。人可以说是两重奴隶，第一服从自然的限制，其次要受自己的欲望驱使。以无穷欲望处有限自然，人便觉得处处不如意、不自由，烦闷苦恼都由此起。专就物质说，人在自然面前是很渺小的，他的力量抵不住自然的力量，无论你有如何大的成就，到头终不免一死，而且科学告诉我们，人类一切成就到最后都要和诸星球同归于毁灭。在自然圈套中求征服自然是不可能的，好比孙悟空跳来跳去，终跳不出如来佛的掌心。但是在精神方面，人可以跳开自然的圈套而征服自然。他可以在自然世界之外另在想象中造出较能合理慰情的世界。这就是艺术的创造。在艺术创造中可以把自然拿在手里来玩弄，剪裁它、锤炼它，重新给以生命与形式。每一部文艺杰作以至于每人在人生自然中所欣赏到的美妙境界都是这样创造出来的。美感活动是人在有限中所挣扎得来的无限，在奴隶中所挣扎得来的自由。在服从自然限制而汲汲于饮食男女的寻求时，人是自然的奴隶；在超脱自然限制而创造欣赏艺术境界时，人是自然的主宰，换句话说，就是上帝。多受些美感教育，就是多学会如何从自然限制中解放出来，由奴隶变成上帝，充分地感觉人的尊严。

爱美是人类天性，凡是天性中所固有的必须趁适当时机去培养，否则像花草不及时下种及时培植一样，就会凋残萎谢。达尔文在自传里懊悔他一生专在科学上做功夫，没有把他年轻时对于诗和音乐的兴趣保持住，到老来他想用诗和音乐来调剂生活的枯燥，就抓不回年轻时那种兴趣，觉得从前所爱好的诗和音乐都索然无味。他自己说这是一部分天性的麻木，这是一个很好的前车之鉴。美育必须从年轻时就下手。年纪愈大，外务日纷繁，习惯的牢笼愈坚固，感觉愈迟钝，心理愈复杂，欣赏艺术力也就愈薄弱。我时常想，无论学哪一科专门学问，干哪一行职业，每个人都应该会听音乐，不断地读文学作品，偶尔有欣赏图画、雕刻的机会。在西方社会中这些美感活动是每个受教育者的日常生活中的重要节目。我们中国人除专习文学艺术者以外，一般人对于艺术都漠不关心。这是最可惋惜的事。它多少表示民族生命力的低降与精神的颓靡。从历史看，一个民族在最兴旺的时候，艺术成就必伟大，美育必发达。史诗悲剧时代的希腊、文艺复兴时代的意大利、莎士比亚时代的英国、歌德和贝多芬时代的德国都可以为证。我们中国人古代对于诗乐舞的嗜好也极普遍。《诗经》《礼记》《左传》诸书所记载的歌乐舞的盛况常使人觉得仿佛是置身近代欧洲社会。孔子处周衰之际，特置慨于诗亡乐坏，也是见到美育与民族兴衰的关系密切。现在我们要想复兴民族，必须恢复周以前歌乐舞的盛况，这就是说，必须提倡普及的美感教育。

图书在版编目（CIP）数据

散文精读. 朱光潜 / 朱光潜著. —杭州 ：浙江人民出版社，2022.3

ISBN 978-7-213-10434-3

Ⅰ. ①散… Ⅱ. ①朱… Ⅲ. ①散文集-中国-当代 Ⅳ. ①I266

中国版本图书馆CIP数据核字(2021)第263354号

散文精读·朱光潜

朱光潜　著

出版发行：浙江人民出版社（杭州市体育场路347号　邮编　310006）
市场部电话：(0571)85061682　85176516
责任编辑：余慧琴
助理编辑：张　伟
营销编辑：陈雯怡　陈芊如
责任校对：陈　春
责任印务：陈　峰
封面设计：观止堂_未氓
电脑制版：杭州天一图文制作有限公司
印　　刷：杭州富春印务有限公司
开　　本：880毫米×1230毫米　1/32　　印　　张：7.375
字　　数：135千字　　插　　页：2
版　　次：2022年3月第1版　　印　　次：2022年3月第1次印刷
书　　号：ISBN 978-7-213-10434-3
定　　价：36.00元